NÃO SE HUMILHA, NÃO

ISABELA FREITAS

NÃO SE HUMILHA, NÃO

ISABELA FREITAS

Copyright © 2020 by Isabela Freitas

PREPARAÇÃO
Thadeu Santos

REVISÃO
André Marinho
Livia Cabrini

ARTE DE CAPA E PROJETO GRÁFICO
Daniel Sansão / Contágio Criação

DIAGRAMAÇÃO
Julio Moreira | Equatorium Design

FOTO DA AUTORA
Leo Aversa

CIP-BRASIL. CATALOGAÇÃO NA PUBLICAÇÃO
SINDICATO NACIONAL DOS EDITORES DE LIVROS, RJ

F936n

    Freitas, Isabela

      Não se humilha, não / Isabela Freitas. - 1. ed. - Rio de Janeiro : Intrínseca, 2020.

      320 p. ; 23 cm (Não se apega, não ; 4)

      Sequência de: Não se enrola, não

      ISBN 978-85-510-0609-2

      1. Relação homem - mulher. 2. Autorrealização (Psicologia). 3. Autoestima. I. Título. II. Série.

19-61421   CDD: 155.2
                                                      CDU: 159.923

Vanessa Mafra Xavier Salgado - Bibliotecária - CRB-7/6644

[2020]
Todos os direitos desta edição reservados à
Editora Intrínseca Ltda.
Rua Marquês de São Vicente, 99, 3º andar
22451-041 – Gávea
Rio de Janeiro – RJ
Tel.: (21) 3206-7400
www.intrinseca.com.br

Para todos aqueles que ouvem "eu te amo",
mas não se sentem amados.

Quantas pessoas já disseram te amar
enquanto te machucavam todos os dias?

ÍNDICE

20 regras para não se humilhar — 9

prólogo — 13
Ela parecia feliz. Mas, além de parecer, ela queria *ser* feliz

capítulo 1 — 23
Não deixe que a vontade de ter algo faça você aceitar qualquer coisa

capítulo 2 — 43
Quer saber qual é o amor da sua vida? O amor-próprio

capítulo 3 — 61
Nunca finja (por muito tempo) ser quem você não é

capítulo 4 — 87
Você é o que você faz, não o que dizem

capítulo 5 — 115
Eu não sinto muito por sentir tanto

capítulo 6 — 139
Não deixe para depois o que você pode sentir agora

capítulo 7 — 173
Se é tudo em nome do amor, por que eu não me sinto amada?

capítulo 8 — 187
Não se diminua para caber no mundinho de alguém

capítulo 9 — 207
Não deixe seu brilho se apagar

capítulo 10 — 225
Como ser feliz para sempre, se eu não sou feliz agora?

capítulo 11 — 247
Te deixar foi muito melhor do que ficar com você

capítulo 12 — 279
Como esquecer o que quero lembrar?

epílogo — 307
As pessoas não mudam só porque você quer

agradecimentos — 315

20 regras para não se humilhar

1. Não se diminua para caber no universo de alguém. O amor é para somar, nunca para diminuir.

2. É possível viver uma história de amor sozinho. Você se apaixona, ama e luta sozinho. Até que um dia percebe que, na verdade, sempre esteve sozinho nessa relação e que, em vez de dividir esse amor com alguém que não te ama, você deveria apenas SE amar. É bem melhor.

3. Nada em excesso faz bem. Ciúmes, desconfiança, obsessão e até amor demais... Muitas vezes as pessoas usam o amor como arma para machucar. E o amor deveria ser abrigo.

4. Aprenda a amar cada versão de si, sem o peso de querer ser quem você já foi ou a ânsia por ser alguém que você ainda não é.

5. Pessoas vêm, pessoas vão. Quem fica é você, só você. Fica também tudo que você aprendeu com as pessoas que passaram pela sua vida.

6. Um coração partido pode servir para duas coisas: ou você pega um caco dele, se machuca inteiro e machuca as próximas pessoas que passarão pela sua vida, ou você aprende a se reconstruir, a se reinventar, a colar pedaço por pedaço de si mesmo para ter um coração mais forte e mais bonito. Qual desses caminhos você prefere seguir?

7. O amor não oprime, não humilha, não cobra, não corta suas asas. O amor te quer sempre livre, voando cada vez mais alto.

8. Sempre tem aquela decisão que a gente fica "Putz, eu devia ter feito diferente". Devia. Mas você precisava desse aprendizado para evoluir. Era necessário.

9. Se afaste de quem diz que te ama só da boca para fora. Se afaste de quem quer viver um grande amor, mas não "se sente preparado", de quem te quer sempre como refém, preso a possibilidades que nunca se concretizam.

10. A opinião dos outros não muda quem você é. Não ligue para o que as pessoas acham, falam ou supõem sobre você. Os acontecimentos têm a importância que damos a eles, por isso, opte por não dar importância alguma.

11 Se engana quem acha que as maiores decepções da vida são as amorosas. Não tem nada pior do que confiar em um amigo, contar seus sonhos, seus medos, dividir um pouco da sua vida, para no final ver tudo isso que você disse de peito aberto ser usado contra você para te ferir.

12 Pode largar aquilo que te machuca, vamos... Larga! A dor de tirar os espinhos que ficaram nunca será maior do que a dor de se agarrar ao que te machuca.

13 Não abandone seus amigos por causa de um relacionamento. Que tipo de amor é esse que pede para você se afastar do que te faz feliz?

14 O que as pessoas enxergam nos outros é o reflexo do que elas têm dentro de si. As pessoas são apenas seu espelho.

15 Você deveria se sentir feliz por ver as pessoas de quem já gostou seguindo em frente. Todos merecem seguir em frente. Inclusive você.

16 Aceitar que somos humanos e que erramos o tempo todo é libertador. Não se martirize por errar, mas se parabenize por continuar tentando até acertar. Vai, você consegue.

17 Quem ama quer enxugar suas lágrimas, quer achar uma solução para o que te deixa triste, quer tirar toda a dor do seu coração. Se a pessoa não faz isso, tenho más notícias: talvez ela não te ame tanto como diz.

18 Aceite seus sentimentos. Se permita sentir o que quer que esteja aí dentro... amor, raiva, tristeza. Deixe fluir, somos humanos, nós sentimos, é normal! O que não é normal é querer guardar os sentimentos e achar que isso não vai te prejudicar um dia.

19 Nunca apague seu brilho para que o outro brilhe mais do que você. Em um céu estrelado, todas as estrelas têm sua vez de brilhar.

20 Sabe por que a gente sempre encontra alguém melhor? Porque nós seremos melhores do que antes.

PRÓLOGO

Ela parecia feliz.
Mas, além de parecer, ela queria *ser* feliz

Me levantei sem entender muito bem onde eu estava e observei a cena ao meu redor. Ok. Definitivamente estava na casa do Gustavo. Eu seria capaz de reconhecer essa casa impecável em qualquer estado. Os móveis que antes estavam milimetricamente posicionados, talvez por obra de um designer de interiores, sem nem uma pecinha sequer fora do lugar, agora se encontravam revirados no chão. Mas, afinal, *o que aconteceu aqui?!* O nosso jantar da véspera estava todo espalhado pelo carpete caríssimo da Dona Carmem, em meio a um monte de cacos do que antes eram as louças chiques da família Ferreira. Eu não sabia quem tinha feito aquela bagunça, mas olha, de uma coisa eu sei: Dona Carmem não deixaria tudo isso barato.

Ah, mas não deixaria mesmo.

Tentei me levantar do sofá e senti uma dor no braço direito sem igual. Poxa vida. Eu nem estava malhando o suficiente para sentir dores musculares.

Percorri a sala como um detetive numa cena de crime.

Estava um caos.

Sem tirar nem pôr.

De repente, senti um calafrio percorrer meu corpo. Tentei

me lembrar da noite anterior, mas não conseguia me lembrar de praticamente nada. Meu Deus, será que aquele caos era culpa minha? Eu tinha feito aquilo? Não, né? *Pensamento positivo, Isabela, pensamento positivo. Veja bem, você não reviraria a mesa de jantar e deixaria tudo daquele jeito.* Olhei novamente para a mesa, que estava *mesmo* de pernas para o ar. É. Com certeza eu não teria conseguido virar a mesa daquele jeito, porque, como já disse, não estava pegando nem um pesinho de dois quilos na academia, que dirá uma mesa de madeira maciça de não-sei--quantos-mil-quilos! Bem... Não eram mil quilos, mas vocês entenderam. Eu sou sagitariana, exageros são comuns por aqui.

Como é que as pessoas fazem mesmo nos filmes? Elas tentam reconstituir todos os seus passos. Vamos lá. Eu consigo. O Gustavo tinha me chamado para jantar na casa dele. Isso. Isso! Gustavo era meu namorado. E era lindo. Nossa, sim, muito lindo. Mas também era ciumento. Nossa, ele era *muito* ciumento. Inclusive, eu estava de saco cheio de ter que podar minhas atitudes para evitar cenas de ciúme, mas isso é papo para outra hora. Naquele momento, eu estava no meio do apocalipse e precisava me lembrar de quem eu era para conseguir me salvar. Rá-rá. Achar graça de tudo e fazer piada quando o mundo está desmoronando é comigo mesma. Prazer, Isabela. Vinte anos. Moro em Juiz de Fora e estudo na federal de Direito do meu estado, Minas Gerais. Eu amo gatos, o número 7 e batom vermelho. É. Acho que isso era o máximo que eu conseguia lembrar sobre mim mesma naquela situação.

De novo a dor no braço.

Pensei que talvez fosse melhor conferir como eu estava.

Olhei para baixo.

Minha saia vermelha estava rasgada. *Rasgada*. Era só o que me faltava. Não bastava ser universitária com medo de um futuro falido, eu ainda tinha rasgado minha saia favorita! Ah, não. Mexeram com a minha saia, mexeram comigo. Tá doido, tive que juntar dois meses da bolsa do estágio para conseguir pagar as parcelas. Isso não ia ficar barato mesmo. Dona Carmem, tô contigo! Esses assaltantes iam se ver com a gente. Ah, se iam. Porque só podiam ser assaltantes, certo? Quem mais reviraria a casa inteira e deixaria as coisas nesse estado? E ainda rasgaria uma pobre saia que não fez mal a ninguém? *Assaltantes*, é claro!

Comecei a revirar as almofadas do sofá à procura do meu celular, que ainda não tinha dado as caras. Não estava lá. Droga. Os assaltantes provavelmente tinham levado meu celular, era óbvio. Tentei calcular em quantos meses de estágio eu conseguiria pagar um celular novo. *Pensamento positivo, Isabela, não pensa nisso agora*. Andei até a cozinha quase me arrastando e encontrei outra cena caótica. Pelo visto, uma garrafa de vinho havia caído no chão, e aquele líquido avermelhado se espalhara pelo mármore, deixando a cozinha com um ar bem... macabro. Era essa a palavra. Macabro.

De repente, escutei um celular tocar... Meu Deus, meu Deus do céu, era o meu celular! De onde estava vindo aquele som? Olhei para a lixeira no cantinho da cozinha. Ali! Ali! Peraí. Meu celular estava na lixeira? Que tipo de assaltante jogaria um celular na lixeira? Achei ofensivo, poxa, tudo bem que meu celular não era de última geração, nenhum daqueles modelos que estavam na moda, mas dava para o gasto, viu? Abri a tampa da lixeira e ali estava ele.

TODO QUEBRADO.

Ah, não.

Isso só podia ser um pesadelo, não podia ser real…

Tentei atender a ligação da minha mãe (sim, minha mãe era a única pessoa que tentava me ligar além do meu namorado) e não consegui. Com a tela quebrada, não dava para mexer em nada. Desculpa mamãe, fica para a próxima. Tenho uma invasão de domicílio para solucionar no momento. Será que ainda dá para ter pensamento positivo?

Comecei a me questionar. Onde estava o meu namorado depois daquela confusão toda? A família dele tinha viajado para Búzios e nós íamos passar o Dia de Finados na casa do Gustavo. Até aí tudo bem. Mas depois de tudo isso? Por que ele não ficou aqui para me proteger? Será que ele foi sequestrado pelos assaltantes? MEU DEUS! MEU DEUS! E se os assaltantes, na verdade, fossem sequestradores?

Então, tudo fez sentido.

Por isso eles quebraram meu celular e jogaram no lixo, é claro. Para que eu não tivesse uma comunicação rápida com a polícia. Rá! Mas eles não contavam com o fato de eu não ser apenas uma donzela em perigo, ah, não, e eu iria pessoalmente à polícia. Sou uma donzela que corre atrás dos seus direitos.

Fui até o banheiro pentear os cabelos, trocar de roupa e dar uma melhorada no visual. Afinal, eu não ia chegar de saia rasgada na delegacia, né?

Mas aí eu me olhei no espelho.

E a verdade me atingiu como um soco.

Que irônico.

Meu rosto estava desfigurado. Os dois olhos roxos. Havia sangue seco no meu nariz e na minha boca.

Não.

Não.

O que tinha acontecido?

Não.

Eu não queria me lembrar.

Não.

Eu não podia me lembrar.

Não.

Para, Isabela, esquece.

Esquece.

E aí eu me lembrei.

E entendi por que esqueci.

Não existia assaltante algum.

Tampouco sequestrador.

Gustavo não corria perigo.

Minha dor no braço não era por causa da academia. Eu nem estava indo malhar.

Meu celular quebrado não era para me impedir de ligar para a polícia.

A verdade era uma só: EU corria perigo.

Gustavo tinha me espancado na noite passada após uma crise de ciúme por eu ter colocado aquela saia vermelha. Era isso.

Olhei para a minha sainha vermelha rasgada e desatei a chorar. As lágrimas tomaram conta de mim, e fui deslizando devagarinho pela parede até ficar toda encolhida no chão gelado do banheiro. Eu estava envergonhada, com medo, sem saber o que fazer. Senti o gosto do sangue seco misturado com lágrimas na minha boca.

Por que isso estava acontecendo comigo? O que eu tinha feito de errado? Era minha culpa o descontrole do Gustavo? Afinal, eu *sabia* que isso poderia acontecer em algum momento. Sabia. E por que não terminei com ele antes? Por que não dei ouvidos a minha melhor amiga, a Amanda? Por que afastei todo mundo que gostava de mim? Por que não ouvi os conselhos da minha mãe que sempre me dizia para nunca aceitar uma atitude agressiva de um homem que viesse para cima de mim? Por quê? POR QUÊ?

Essas eram as perguntas que ressoavam na minha mente.

E então, como se não pudesse ficar pior, eu escutei uma voz gritando meu nome do lado de fora do banheiro.

— ISABELA, ABRE A PORTA AGORA. NÃO ADIANTA SE TRANCAR AÍ!

Era o Gustavo.

Comecei a tremer, o maxilar batendo de tanto nervoso. O que eu poderia fazer? Será que se tornar adulto era isso? Não saber o que fazer, mas mesmo assim ter que tomar uma decisão? Ninguém apareceria ali para me salvar. Ninguém. Meus pais achavam que eu estava passando o feriado em uma verdadeira lua de mel com o meu namorado. Minha melhor amiga, *pff*, estávamos brigadas exatamente porque ela tentou me alertar sobre o Gustavo. Os vizinhos pelo visto não se importaram com o barulho, e os empregados da família Ferreira estavam de folga. Eu precisava fazer alguma coisa. E rápido.

— ISABELA! — O som era acompanhado por socos na porta. — SE VOCÊ SABE O QUE É BOM PRA VOCÊ, ABRE ESSA PORTA AGORA! — Mais socos, agora mais fortes.

É isso. Eu precisava enfrentar a consequência das minhas más decisões. Me levanto para abrir a porta, como um guerreiro que desiste de lutar e se entrega ao seu adversário. Quando abro, encontro Gustavo todo ensanguentado. E quando eu digo todo, é literalmente TODO MESMO. Não tinha um pedaço de pele que não estivesse vermelho.

Olho assustada.

— OLHA O QUE VOCÊ FEZ COM A GENTE! OLHA SÓ! — grita ele, enquanto me mostra o sangue escorrendo pelos braços.

Gente! O que está rolando aqui?

— Gustavo, eu...

Tento falar alguma coisa, mas a voz simplesmente não sai. Fecho os olhos com força.

Isso não era para estar acontecendo.

Era inacreditável.

Ele me tocou com o braço ensanguentado e começou a passar o sangue em mim enquanto esbravejava com raiva que eu tinha feito aquilo com nós dois... Como assim?

O que eu fiz?

O que eu poderia ter feito?

. . .

Eu acordo.

Abro meus olhos e vejo Gustavo deitado ao meu lado, roncando com uma expressão feliz, abraçado a uma almofada e enrolado no cobertor.

Ah.

Não acredito.

Nós apagamos no sofá enquanto assistíamos a um filme.

As louças do jantar estavam intactas.

A mesa, no lugar de sempre.

A sala voltou a ser como sempre foi, impecável, sem nada fora do lugar.

Pego meu celular para ver as horas, 2h10 da manhã.

— Amor... Volta a dormir, estava tão bom aqui...

Gustavo me puxa para baixo das cobertas novamente.

Então me enrolo com ele nas cobertas, mas não consigo pegar no sono. Meus pensamentos estavam a mil. Ufa. Tudo isso só podia ser um pesadelo mesmo. Claro. O Gustavo nunca faria isso comigo. Olho para minha saia vermelha. Não. Ele nunca faria isso. Ele só disse que essa saia estava curta demais. É só uma opinião, certo?

Certo.

É.

Ele nunca faria isso comigo.

Nunca.

Nunca mesmo...

Faria?

Uma coisa importante sobre expectativas: não as crie.

CAPÍTULO 1
Não deixe que a vontade de ter algo faça você aceitar qualquer coisa

— Amanda, para, sério.

Essa sou eu tentando convencer minha melhor amiga a parar de olhar na direção do garoto novo que havia acabado de entrar no pátio da nossa faculdade.

— Deixa de bobeira, Isabela! A faculdade INTEIRA está olhando para ele, que mal tem? Ele nem vai notar nós duas. Eu sou discreta, você sabe. — Amanda joga os cabelos pretos lisos para o lado e dá um risinho de cumplicidade.

Devolvo o risinho e deixo pra lá. Afinal, ele não iria *mesmo* notar nós duas. Sei lá, desde que entramos na faculdade, e isso já tem um ano (agora não éramos mais calouras! Uhul!), nós nunca fomos as primeiras da sala a serem notadas. Ou as mais disputadas. Não que fizéssemos *alguma coisa* para realmente sermos disputadas. Amanda e eu não estávamos *nem aí*. E esse sempre foi um dos motivos para não sermos as mais desejadas.

Quer dizer, eu até que me importava com esse lance de amor. Na verdade, eu estava BEM AÍ quando o assunto era relacionamento. O que não me interessava mesmo eram os caras da faculdade. Deus me livre. Só mala.

Uma coisa importante sobre expectativas: não as crie. Mesmo que seja uma expectativa fofa, bonitinha, abandonada no meio da rua e segurando uma plaquinha de "Procura-se alguém para me criar". Se houver alternativa, não pegue essa expectativa para você. Não existe *uma* situação em que a expectativa não acabe com pelo menos 1% da sua sanidade. Quando criamos expectativas, esperamos algo, almejamos algo. E quando queremos algo com muita vontade, fantasiamos todos os detalhes, criamos a cena na nossa cabeça, planejamos até a roupa que vamos usar na ocasião... E aí, quando você se dá conta, lá se foram longas horas imaginando como você realmente queria que uma situação acontecesse... *para nada.*

Essas coisas que fantasiamos nunca acontecem. Desiste, sabe? Ao longo dos meus anos de vida, uma expectativa nunca se cumpriu por completo, ao menos não do jeitinho que minha mente imaginou — isso até em situações em que criei expectativas que se cumpriram em parte —, e quando eu digo nunca, é nunca mesmo. Essas coisas não acontecem, entende? É difícil admitir em voz alta, afinal, seria muito mais fácil se tudo acontecesse exatamente do jeitinho que queríamos que acontecesse.

Mas não acontecem.

E está tudo bem.

Assim como também está tudo bem eu ter criado um milhão de expectativas em relação à faculdade e quase nenhuma ter se cumprido de fato.

Está ótimo.

Tudo bem mesmo.

Eu só queria que existissem muitas festas de fraternidade na faculdade. Só isso.

Ah! E que existissem armários para a gente guardar nossos livros pesados de Direito. Aproveitando, queria também garotos maduros e interessantes pelos corredores. E que eu e Amanda formássemos um grupo tipo o de *Friends* com mais alguns amigos legais, e que fôssemos amigos atééé ficar bem velhinhos, relembrando nossos tempos de faculdade.

Mas não. Não tem nada disso. Tudo que eu tenho é...

— ISA? ISA! Você está incrível... Deixa eu te mostrar minha bolsa nova! Você não vai acreditar... É couro fake de cro--co-di-lo!

Marina vem de longe, balançando suas pulseiras cheias de pingentes (sinceramente, acho que ela só usa essas pulseiras para fazer barulho e anunciar quando está chegando), e chega toda esbaforida mostrando para nós a sua incrível bolsa de crocodilo que havia comprado em uma li-qui-da-ção.

Como definir a Marina? Ah, a Marina...

A Marina é uma colega de faculdade que eu mantinha perto, mas que, sinceramente, não tinha muito a ver comigo. Ela se vestia de um jeito bem chamativo e gostava de falar pau-sa-da--men-te. Como se não fôssemos entender caso ela não falasse dessa forma. Às vezes, chamávamos a Marina para fazer parte de algum trabalho em grupo quando estava faltando alguém, mas não passava disso. Acho que ela só não tinha mais amigos porque causava certo *receio* nas pessoas. Vai saber. Ela era extremamente linda. Dos pés à cabeça. Morena cor de jambo, olhos verdes, lábios grossos. Marina sabia como deixar os caras aos seus pés. Ela só tinha um probleminha...

— E aí, zoio puxado?! Sentiu minha falta? — diz ela para Amanda, como se só tivesse se dado conta da presença da minha amiga naquele instante.

A Marina só pensava em si mesma e, às vezes, era bem... inconveniente. Essa é a palavra.

Amanda dá de ombros e continua observando o garoto novo.

Mandy nunca teve muita paciência com essa minha "amizade". Ela sempre diz que a Marina é o tipo de pessoa que não é amiga de ninguém e, eu, às vezes, fico me perguntando se ela não teria razão em pensar assim. A Marina gosta mesmo de diminuir os outros sempre que surge a oportunidade.

— Estão de olho no garoto novo, hein? — Marina percebe o olhar da Amanda. — Segue a ficha completa, meninas... Gustavo Ferreira. Vinte anos. Libriano. Solteiro. Herdeiro de uma das famílias mais ricas e tradicionais de Juiz de Fora, os Ferreira. Eu o conheço há anos. Posso apresentá-lo, se quiserem — concluiu ela.

Me pergunto se ela realmente tem alguma intimidade com ele. Parece ser só mais uma das mentirinhas que a Marina conta para se sentir superior na rodinha de conversa.

— Isabela, 20 anos, sagitariana, pegando um garoto do curso de inglês, filha dos meus pais mesmo, procurando um estágio. Prazer — respondo para Marina.

Mandy dá uma gargalhada, me encarando com os olhos brilhando de tanta animação.

De repente, somos interrompidas por uma voz grossa e arrastada:

— Muito prazer... Isabela. Garoto do inglês, hein? Gostei, gostei. Me parece um relacionamento bem promissor.

O novato para do meu lado e dá aquela conferida em mim de cima a baixo. Poxa vida, que garoto *mala*. Chegou no meio do assunto e ainda quer zoar o garoto do inglês? Quer dizer, o Fábio? Tudo bem que ele não é o príncipe que eu pedi a Deus e que nossas conversas se resumem a... Bem, a gente não conversa muito. Mas quem precisa de conversas, né? Ninguém. Ninguém mesmo... O Fábio merecia mais do que isso, sinceramente.

— Espero que ainda não esteja cansada de mim, pois eu acabei de chegar. — Ele dá uma piscadinha muito brega com o olho esquerdo, depois fica parado em uma pose de vendedor de eletroeletrônicos anunciando alguma promoção e esperando minha reação.

Olha, eu juro que me segurei para não rir. Ele acha isso sexy? Nossa. Com certeza ele achava. Meu Deus... Devia estar procurando mais uma garota para a sua coleção. Olho de canto de olho para Mandy, que rapidamente entende o recado e me puxa pela mão.

— Com certeza a Isa queria muito ficar aqui com vocês, mas o dever nos chama!

Com isso, Mandy belisca forte meu braço. Entendo o recado e entro no jogo.

— Putz! Eu esqueci completamente! Nosso grupo do trabalho deve estar nos esperando na biblioteca...

Ajeito a mochila nos ombros para passar um ar de garota-estudiosa-que-vai-para-a-biblioteca-fazer-muitos-trabalhos e dou um tchauzinho tímido com as mãos.

Gustavo e Marina apenas nos observam.

— Então é isso… — diz Mandy, saindo pelo lado direito do pátio.

Enquanto isso, pelas nossas costas, Marina cantarola com a voz fina, como uma sereia:

— "A biblioteca é para o outro laaadooo."

— *Mimimi, a biblioteca é para o outro ladooo* — zomba Amanda, imitando a voz da Marina enquanto subimos os degraus de três em três até o terraço do prédio da faculdade de Direito.

No fim da tarde, depois das aulas, nós gostávamos de nos reunir no terraço do nosso bloco. Não, não era permitido, mas quem liga? O pôr do sol muitas das vezes era incrível, e só se vive uma vez, não é?

— Não sei como você suporta essa garota, Isa. Ela é muito chata! — desabafa Mandy.

— Ah, eu tenho pena… Ninguém gosta dela — respondo, meio envergonhada de admitir isso. Porque era verdade.

A Marina era muito querida entre os garotos. Em contrapartida, todas as meninas viravam a cara para ela e não faziam muita questão de se aproximar. Não posso dizer que ela colaborava para que fosse diferente, porque a Marina é do tipo que acha que as outras mulheres estão sempre competindo com ela, e esse clima de competição entre nós é *muito chato*. Apesar de tudo isso, eu sempre tentava relevar. Marina merece ter pelo menos *uma* amiga na faculdade. Ou colega. Ou o que quer que eu seja. Finjo que gosto da bolsa de couro de crocodilo falso, e, em troca, ela me passa informações sobre o novato. Vai dizer, é uma bela troca, hein?

—Sei lá... Ela não me passa confiança. Não sei... —Amanda morde o lábio inferior e abre a porta de incêndio que dá para o terraço.

Eu sei muito bem que quando minha melhor amiga morde o lábio é porque está preocupada. Claro. Amanda Akira é minha fiel escudeira. É a mais nova do grupo, porém, de longe, a mais inteligente. Pergunte qualquer coisa para a Amanda, tipo, qualquer coisa mesmo. E ela te responderá com detalhes, teorias, suposições, monografias de TCC e o que mais ela puder. Amanda pode parecer tímida de primeira, mas com certeza é a mais destemida do grupo. Por ser mais racional do que eu, por exemplo, ela consegue muito bem dizer o que pensa, o que acha, o que sente. Sem aquele medo do que vão pensar dela. É ela que puxa meus dois pés para o chão quando estou sonhando mais do que realizando, e é ela que me dá o ombro amigo para chorar quando faço (mais) uma das minhas burradas. Amanda Akira ama se vestir com camisetas largas de bandas de rock, adora estudar programação e fazer retiro espiritual com os pais. Era descendente de japoneses, por isso ostentava os olhinhos puxados e os cabelos bem lisos, que ela mantinha sempre na altura dos ombros, além de um sorriso que sempre me acolhia.

Definitivamente, nós nos entendíamos apenas com o olhar.

— Mas Mandy, pensa comigo... O que a Marina pode fazer com a gente? Nos atacar com um guarda-chuva feito de couro falso de um animal exótico da Tailândia? Queimar o nosso filme para o Gustavo? Rá-rá. Depois de hoje, nosso filme já está mais do que queimado. Se bobear, nem existe mais. Deixa essa paranoia pra lá, Mandy! Se ela tinha algo para falar, já falou para o novato quando fomos para o lado oposto da biblioteca, parecendo duas baratas tontas e perdidas. — Dou uma risadinha. — Ele deve ter nos achado duas idiotas... Que tipo de garota foge de um cara gato daqueles? É por isso que não somos as mais desejadas da faculdade...

Mandy ajeita os óculos e prende o cabelo em um rabo de cavalo.

— Ele é realmente bonito, né? Coisa rara por aqui. Pena que parece *chatinho*...

— Sabe o que é pior? — pergunto.

— Pior do que errarmos o caminho da biblioteca?

— Hoje é o primeiro dia de aula, Mandy. Que trabalho teríamos para fazer?!

Amanda dá um tapa na testa.

— Você é uma idiota, Isa. Meu Deus... Como eu não pensei... E como senti falta disso! Da minha amiga que vive se metendo em encrenca e dando desculpas esfarrapadas...

Ela me abraça. Hoje é o primeiro dia de aula, passamos as férias todas sem nos ver. A saudade estava nos matando.

— Hum... Estamos carinhosas hoje? — A voz dele chega por trás, fazendo minhas costas ficarem arrepiadas. — Eu também ganho um abraço?

Dou um sorriso. Nem preciso me virar para saber de quem se trata.

Pedro Miller.

O último integrante do nosso grande grupinho de apenas três pessoas.

Conheci o Pedro em uma festa. Foi nessa época que meu melhor amigo de anos, Eduardo, de repente resolveu fingir que não me conhecia, porque a namorada dele havia "mandado". Quem nunca teve aquele amigo que troca você pela namorada nova, e que ainda pede para que você "entenda", que atire a primeira pedra. E é aquela história, a gente entende, claro que entende. Mas bem longe do tal "melhor amigo", e com a certeza de que não haverá chances para arrependimento. Não existe isso. Deixar de ter amigos porque está namorando. Deixar de conversar com alguém do sexo oposto porque a pessoa com quem você está se relacionando pediu. Loucura, viu? Mas tudo bem.

Ao chegar na tal festa, vi meu melhor amigo de longe, e senti como se uma faca estivesse retalhando meu coração. Ele virou a cara para mim, como se não me conhecesse... Foi duro. Me senti o ser mais solitário de todos, sem ninguém para conversar, sem a pessoa que sempre foi meu porto seguro... Me senti vazia. Em meio a minha vontade louca de chorar, resolvi tomar um ar na área de fumantes e, naquele momento difícil, ele apareceu... como um anjo.

Tá.

Não como um anjo, *anjo de verdade*, daqueles vindos do céu.

Ele tinha os cabelos bagunçados e negros como a noite, os olhos azuis como o mar. Estava com uma jaqueta preta de couro, calças jeans rasgadas e All Star velho. Ah, e ele fumava também. Um anjo fumante de casaco de couro. Século XXI, né? Rá-rá.

Só sei que ele me salvou naquele dia.

E vem me salvando desde então.

Incrível quando encontramos pessoas assim em nossas vidas.

Pedro Miller também tem 20 anos, nasceu em São Paulo e se mudou aos seis anos com a mãe para Juiz de Fora. Além da mãe, tem o pai do Pedro, mas ele nunca me contou muito sobre a relação deles. Desconfio de que sua infância tenha sido conturbada, já que todas as vezes que tentei falar sobre os outros membros da família ele deu um jeito de desconversar, e eu consegui ver algo nos olhos dele... *raiva*. Concluí que essa não é uma história que ele queira partilhar com a gente, *não ainda*. Pedro é um cara no mínimo intrigante.

Ele adora passar horas e horas conversando sobre teorias da conspiração (ok, eu também amo), extraterrestres, destino, universo... É fascinado por tudo aquilo que não pode compreender. Pedro foi a pessoa que me fez ficar apaixonada por esse tipo de assunto, já viramos noites formulando teorias, imaginando coisas, sonhando com as outras vidas que já tivemos antes dessa... Pedro é muito criativo, tem o dom da música, de vez em quando toca violão pra gente e se arrisca até a cantar. Pode não parecer, mas ele é extremamente carinhoso com as mulheres da sua vida (mesmo que seja um sacana! Ele é daqueles que te enganam fácil exatamente por isso), daqueles caras com quem você fica hoje e amanhã está apaixonada... Sabe aquele cara que para e te escuta, que presta atenção nas coisas que você gosta? Então...

Esse é o Pedro Miller.

Mas como nem tudo é perfeito, Pedro é aquariano e vive se esquivando de um relacionamento sério. E, apesar de acreditar nas mais diversas teorias, Pedro Miller não acredita no amor. Pelo menos é o que ele me diz. Apesar de gostar de se manter discreto e evitar os holofotes, ele acaba chamando a atenção aonde vai. Seus cabelos negros, jogados sem muita precisão para o lado, os olhos azuis profundos e intensos, o maxilar bem marcado, seus 1,87m de altura, e os músculos do abdômen bem definidos (ok, confesso que sim, eu já vi os músculos do meu melhor amigo) não passam despercebidos. Cada semana Pedro tem uma "companhia" diferente.

Não sei como ele consegue, sério. Não que ele esteja errado, de forma alguma. Cada um faz o que quiser da vida. Mas é que nessa minha vidinha de sonhar com contos de fada e príncipes perfeitos, eu não consigo imaginar como seria NÃO SE APAIXONAR.

A pior parte de entrar de férias com certeza é ficar longe dos meus amigos. Pedro sempre viajava para algum país diferente. Ele sonha em conhecer todos os países do mundo, então, para bancar suas viagens, trabalha o ano todo — faz um bico ali, outro aqui —, junta dinheiro e escolhe um destino. Mandy, como eu disse, sempre ia a um retiro espiritual com a família e eu...

Bem, eu ficava aqui em Juiz de Fora sozinha.

Fazendo curso de inglês. Aprendendo a falar *apple*, *monkey* e *the book is on the table*. E o que isso já me trouxe até agora? Um estágio remunerado com bom salário? Um currículo cheio de experiência? Não. É claro que não! Me trouxe o Fábio... O garoto do inglês, caso você tenha esquecido.

— Mas é claro que você também ganha um abraço. — Olho diretamente para ele, com um sorriso sincero, e pulo para abraçá-lo bem forte.

Amanda entra no meio e ficamos alguns minutos assim, os três abraçados.

— A Isa está ficando com o menino do inglês, Pê. — Amanda se solta do abraço e já joga a bomba.

Olho de boca aberta para ela como quem diz "PRECISAVA DISSO AGORA?", porque em apenas alguns segundos eu sabia o que aconteceria...

Pedro Miller rindo da minha cara.

Claro.

Qual é? Ele nem conhece o Fábio. Não dava para saber se era motivo de piada, certo? Nem todos os caras com quem eu ficava eram motivo de piada. Bem... O Tiago também tinha sido.

Ou eram?

Eram?!

Fala sério. Eu mereço um pouco de crédito aqui. Nas férias passadas, fiquei com um garoto lindo em Iriri, no Espírito Santo. Ele usava cordão de coquinho, mas tinha um bom coração. Isso tem que ser lembrado no meu currículo dos relacionamentos, quero deixar bem claro.

Só sei que, neste momento, estufo o peito e tento defender o meu *peguete atual*.

— Olha, ele é bem gatinho, tá...

— Gatinho? — pergunta Pedro, arqueando a sobrancelha bagunçada e negra.

— É. Gatinho — confirmo, decidida a transformar o Fábio em um príncipe encantado. Que mal tem nisso, não é mesmo? A Disney faz isso o tempo todo.

— Branquela, não me leva a mal... Desde quando você se importa se um cara é *gatinho* ou não?

Sinto a ironia na palavra "gatinho", mas prefiro ignorar.

Olha, a pergunta é boa.

Uma ótima pergunta.

Nossa.

Odeio quando o Pedro dá mostras de que me conhece melhor do que eu mesma. Na tentativa de fazer o Fábio parecer interessante, acabei de falar que ele era "gatinho" porque foi o comentário genérico que eu consegui pensar mais rápido. Talvez ser amiga da Marina dê nisso. Quando a gente menos espera, estamos nos referindo aos caras como "gatinhos" e pechinchando bolsas na feira da cidade.

— Eu sei, eu sei. Não precisa se justificar... Você não se importa. — Ele sorri como quem sabe de tudo. — Não precisa dizer frases prontas para nos convencer de que ele é um cara legal. Se você está convencida disso, é o que importa. Tô contigo.

Ai, o Pedro.

O que era isso?

Essa capacidade de me ler no silêncio? De escutar na pausa? De me entender quando nem eu mesma me entendo?

— É. Eu tô, tô sim... — digo em voz baixa.

Amanda revira os olhos. Ela sabia que eu estava mentindo, e eu sei que ela não gosta de "segredos" entre nós. Na verdade, eu mesma sei que estou mentindo, mas não sei por que preciso tanto dessa mentira.

Quero dizer, acho que eu cansei de todo mês chegar para os meus amigos contando sobre uma pessoa diferente. Cansei de dizer o nome, o que faz e onde nos conhecemos. Cansei de convencê-los de que sim, aquele cara merecia o meu tempo e as minhas mensagens apaixonadas. Cansei de pensar em assuntos interessantes para parecer disposta a conhecer mais a outra pessoa. Cansei de primeiros encontros cheios de beijos desajeitados e que não combinam comigo em nada. Cansei de primeiras conversas. Da falta de intimidade que os inícios repetitivos nos trazem. Cansei de tentar achar a pessoa perfeita numa imensidão de pessoas imperfeitas, na qual eu me incluo. Cansei de começar, terminar, recomeçar, terminar, recomeçar, recomeçar e recomeçar. Afinal, todo começo precisa de uma forcinha para ser impulsionado. Durante, precisa de uma força maior ainda para se manter. No fim, você precisa reunir toda a força que restou para desfazer tudo que foi construído. Tijolo por tijolo. À medida que você vai tirando um por um, uma série de imagens passa na sua cabeça. O sentimento que fica é que você está se desfazendo de um trabalho de anos. Despintando um quadro que você admirava muito. Pincelada por pincelada. Linha por linha. Para começar tudo de novo. É exaustivo. É desgastante.

Dá vontade de colocar na bio do Instagram: "Serei a tia velha com uma dúzia de gatos."

É mais fácil.

Beeeem mais fácil.

Mas não. Eu não perco essa minha mania de insistir em tudo aquilo que acredito.

E eu acredito no amor. Fazer o quê?

"Menina boba, acha que vai ganhar o mundo na insistência", dizia minha avó. Mal sabia ela que eu não quero ganhar o mundo, só quero ser dona de mim.

Ir até o limite para descobrir que o limite não existe.

Pois você sempre pode ir além.

Mesmo que seja cansativo...

— E como foi no Canadá? — Mudo de assunto. — Vocês conseguiram ver a aurora boreal? Fiquei esperando você postar algo no Facebook, mas você sempre some quando viaja! Já ouviu falar em smartphone? Celular de última geração? Redes sociais? Você pode publicar alguma coisa lá. É só apertar alguns botõezinhos, juro que não é tão difícil assim. Se quiser eu até te ensino. — Arranco um sorriso dele, e a cicatriz na bochecha esquerda fica visível. Os olhos azuis me encaram esperando por mais. — Instagram? Twitter? SMS? E-mail? Telegrama? QUALQUER COISA, PEDRO. Você poderia ter dado sinal de VIDA!

Ele me encara por alguns segundos com os olhos semicerrados. Respira fundo. Pega cuidadosamente um cigarro da carteira, observa Amanda, que já nem está prestando atenção na conversa, concentrada em jogar Candy Crush no celular, dá um sorriso, pega seu isqueiro, acende o cigarro, dá um trago, e só então me olha de volta.

— Mas eu dei. Você não recebeu minha mensagem? — pergunta ele, seco.

— Não. Que mensagem? — Fico sem entender.

— Você não recebeu, então... Faz sentido. É.

Os olhos dele pousam em algum lugar no horizonte e fico sem entender bulhufas do que ele quis dizer.

— Não, uai. Que mensagem??? Que sentido?

Olho para Amanda, buscando ajuda, mas sei que a perdi há alguns minutos para os doces coloridos.

— Eu te mandei uma mensagem bêbado no último dia de viagem... nada de mais — desconversa ele. — Só estava dando notícias mesmo. — Pedro continua olhando fixamente para o sol, que agora já era um pontinho laranja mínimo no horizonte e ia sumindo no meio dos prédios da faculdade.

Também olho para o sol.

— Nada de mais? Mesmo?

— Nadinha.

— Então, tá.

Pedro permanece quieto por alguns minutos.

— Mas foi legal lá? — insisto.

— Foi, branquela... — Ele se vira para me encarar. Nossos rostos agora estão alaranjados, refletindo a cor de um lindo fim de tarde. — Foi a viagem da minha vida. A aurora boreal é surreal de linda. Você precisa ir um dia comigo...

— Com certeza! É meu sonho! Espera só até eu ter dinheiro suficiente... Faremos muitas viagens, vamos conhecer a aurora boreal, as pirâmides do Egito, os abismos da Irlanda, o pôr do sol da Califórnia, o túnel do amor na Ucrânia... Nossa! A gente tem que ir! Muito mesmo! Só de falar eu já fico até arrepiada... Nós vamos conhecer o mundo juntos!

Quando paro de falar, percebo que ele continua me olhando, admirado. Devia estar com saudades. Claro. Eu era mesmo demais. Uma ótima amiga, se querem saber.

— Vamos, branquela, vamos, sim... — Ele sorri com um ar meio triste.

Uma coisa sobre o Pedro: ele nunca parece se entregar à felicidade totalmente. Mesmo nos seus melhores sorrisos, que eu sei que eram verdadeiros, ele relutava em se entregar aos bons momentos da vida. Como se algo dentro dele dissesse que não era digno de ser feliz. Fico muito triste com isso. Porque é nítida a tristeza no seu olhar. E eu só quero uma explicação ou uma forma de tirar isso de dentro daquele coração.

Ele se levantou, jogou a guimba de cigarro no lixinho improvisado que trouxemos aqui para cima no período passado e saiu pela porta de incêndio, sem dizer mais nada.

Olho para Amanda, esperando que ela pelo menos tenha visto essa última cena.

— O que foi isso? Será que eu falei algo errado? — pergunto, tentando chamar a atenção da minha amiga.

— Isso o quê? Ah! Ah! Perdi! Não acredito! Era minha última vida! Poxa, não tenho UM amigo para me enviar vida. Você joga? Ah, quer saber, deixa pra lá. Cansei por hoje. Nossa, o sol já se pôs. Desculpa. Fui uma péssima amiga hoje. Nem prestei atenção no que vocês estavam conversando. —

Ela bloqueia a tela do celular. — O que aconteceu? Ué, cadê o Pedro?

Tento fazer um resumão.

— Perguntei como foi a viagem. — Mandy balança a cabeça, me incentivando a continuar. — Aí ele disse que foi ótima. Eu reclamei que ele não mandou nenhuma mensagem, ele disse que mandou, mas que não deve ter chegado... Depois contou que foi uma das viagens mais incríveis da vida dele e que eu deveria ir lá um dia também, afinal, ele sabe que eu sonho em ver a aurora boreal. E eu disse que sim, um dia iríamos viajar o mundo. Ele concordou, me lançou um sorriso tristinho e saiu. Sem falar um "a". — Dou de ombros. Eu estava simplesmente em choque. Por que os homens eram tão complicados?

— Hummm... — Amanda coloca as mãos no queixo, pensativa. — Se eu disser o que estou pensando, você vai me achar louca. — Arqueio as sobrancelhas. — Então prefiro acreditar que ele tinha um compromisso marcado com alguém, provavelmente uma ficante dele, se levantou e foi... Nada de mais, Isa. É o jeito do Pedro. Você está encanada à toa. Não falou nada de mais.

— Verdade — pondero. É bem possível, afinal, estávamos no primeiro dia de aula do novo período. Era um prato cheio para o Pedro no que se refere às... bem, calouras. — Deve ter sido isso mesmo. — Me convenço.

Minha amiga sempre tinha razão.

Me levanto também, decidida a descer para a última aula e a não pensar mais nisso.

Algumas coisas não são feitas para entendermos.

Eu não mereço ter a chance de mergulhar nem um pouquinho dentro de você? Não sou boa o suficiente para tocar sua alma?

CAPÍTULO 2

Quer saber qual é o amor da sua vida? O amor--próprio

Droga. Eu sabia que não deveria ter contado do Fábio para a Amanda. Porque agora, enquanto beijo essa boca carnuda — uma boquinha que beijei muito durante as férias —, eu só consigo pensar em Amanda Akira revirando os pequeninos olhos e falando mais uma vez que eu estou me enrolando com uma pessoa que não tem nada a ver comigo — ou seja, que estou perdendo meu tempo. Qual era o meu problema? Sério. Além de estar pensando na minha melhor amiga enquanto beijo o meu possível namoradinho, claro... O que está acontecendo?

Sabe, eu acho que está tudo bem a gente ficar com uma pessoa nada a ver às vezes. Nem todas as relações são feitas para serem fortes, duradouras ou extremamente encantadoras... Em alguns momentos, só queremos nos divertir, dar uns beijos na boca, sentir algo mais... carnal. Sei lá. Ter alguém ao nosso lado para ficar em silêncio ou ouvindo uma música, sabe?

O problema do meu lance com o Fábio é que esse silêncio não acontecia só enquanto ouvíamos música.

É, é verdade que eu e o Fábio não conversávamos muito, mas acreditem, eu tentei. De todos os jeitos, de todas as formas. Afinal, AMO conversar. Se tem uma coisa que eu gosto é de tagarelar. De chorar as pitangas. De desabafar com uma pessoa aleatória no ponto de ônibus. De transformar taxista em melhor amigo. De conhecer alguém na balada, e já choramingar contando da minha última decepção. Eu sou expert nisso. Ou, pelo menos, me considero expert nisso.

Até o Fábio aparecer na minha vida.

E eu não acho que o problema seja apenas meu, afinal, ele não conversa com ninguém. De início, eu e a galera da turma de inglês achávamos que ele era apenas tímido. Com o tempo, a timidez acabou virando charme. O garoto charmoso e quietinho do inglês. E um dia o garoto charmoso e quietinho do inglês olhou para mim. No outro, me deu um sorrisinho. Então, me pediu um lápis. Eu estava me sentindo a própria adolescente quando puxava papo com o crush por bilhetinho. A diferença é que não tinha bilhetinho nenhum. Mas quem liga, né? Quando a gente quer, logo arruma motivos para se apaixonar. Um "boa noite" vira declaração de amor e a falta de um "boa noite", uma dor no coração.

De lápis em lápis, de olhar em olhar, um belo dia a garota que fazia dupla comigo faltou à aula de inglês, e então eu e Fábio tivemos que fazer um trabalho juntos. Finalmente! Nossa, como sonhei com aquele dia. Eu armava diálogos imaginários para o dia em que trocaríamos as nossas primeiras palavras... Mas, lembrem-se do que eu disse sobre expectativas: não as crie. Pois, naquele dia em que fizemos o trabalho juntos, falamos apenas o necessário, fizemos apenas o que tinha que ser feito, e eu já estava até tirando da minha cabeça esse romance impossível, porque durante a tarefa ele nem sequer tinha rido de uma piadinha que eu fiz para descontrair. Poxa, sou sagitariana, sabe? O que custa rir das minhas piadas para me fazer feliz? Fiquei fazendo beicinho e ele nem *tchum*. Pensei: "Esse não é pra mim." E aí uma pergunta me atingiu como um tiro:

— Quer terminar isso lá em casa? — Então essa era a voz dele. Rouca. Abafada.

Nossa. Certamente não era a voz que eu imaginava. Mas dava para o gasto no meu conto de fadas que já estava indo de mal a pior.

— Terminar...?

"Mas a gente já não terminou?", me perguntei mentalmente. Olhei para o trabalho, conferindo as páginas de perguntas, e sim, estava tudo finalizado. Olhei outra vez para ele.

— É. Terminar, pô. — Ele sorriu pela primeira vez, e isso foi o suficiente para me convencer.

Poxa, assim ficava difícil resistir. Eu aqui doida para me apaixonar, achando que ele me amava pelo simples fato de me pedir um lápis, então, ele *sorri* para mim? Não consegui resistir. Um sorriso para mim, bem naquele momento, foi como um "te-amo-para-sempre-meu-amor-vamos-ao-encontro-do--arco-íris".

O que aconteceu em seguida não é difícil de imaginar. Obviamente, eu perdi toda a dignidade ali. Queria muito ir para a casa dele "terminar o trabalho". Seja lá o que isso signifique. Eu estava preparada.

E aí nós fomos terminar o trabalho.

E terminamos.

Uau.

Que término, viu?

E, desde então, todos os dias depois do inglês, nós terminávamos o trabalho.

Se é que vocês me entendem.

Ah, não me julga, vai? Eu estava *supercarente*. O que eu mais queria era algo que me tirasse da realidade um pouquinho, que alimentasse as borboletas que já estavam mortas e secas no meu estômago. Elas estavam famintas. Sou uma menina sonhadora. Qual é? Sabe como é difícil sonhar nos dias de hoje? A gente tenta dar um jeito. Sonha do jeito que dá. Mesmo que esse sonho não seja tão colorido assim. Mesmo que esse sonho nem seja tão sonho assim…

Desisto de beijá-lo, afasto suas mãos do meu corpo e olho para ele. Não é possível, sério! Estamos juntos há dois meses. Eu já tinha decorado todas as pintinhas do rosto dele e já sabia o horário em que ele tomava seus remédios para ansiedade. Tenho que ser capaz de manter uma conversa com ele.

Eu devo isso a mim.

Eu vou conseguir, sei que vou.

Hoje é o dia.

No fim, sei que ele vai me dizer que foi apenas um trauma de infância que tirou sua voz, que por isso ela é rouca. E ele fala tão pouco porque suas cordas vocais foram afetadas, e, quando ele fala, dói. Pobrezinho. Faz todo o sentido. Eu tenho certeza de que é isso. Só preciso confirmar, vamos lá, Fábio. Me diga o que eu quero ouvir.

(E depois eu venho aqui dizer para vocês não criarem expectativas. Pff. Como é difícil, viu?)

— Fábio... Me diz uma coisa, você já namorou alguma vez? — Puxo o assunto.

— Nem, pô. Eu já te falei — retruca ele.

Droga. Eu tinha que começar logo com uma pergunta que eu já havia feito? Pensa rápido. Pensa rápido.

— Ahn, é. Esqueci.

Odeio como eu oscilo de pessoa extrovertida para introvertida em segundos quando estou perto de pessoas que são bastante introvertidas, pessoas como o Fábio. Fico muito sem graça, parece que estou incomodando. Odeio me sentir assim. Mas preciso insistir mais um pouco. Eu acredito que esse diálogo vai sair.

— E por quê? — continuo.

— Porque não.

— "Porque não" não é resposta. — Quando vi, já tinha falado. Infantil, eu sei, porém necessário.

— É, sim.

— Só pra você.

— Uhum.

Silêncio. Como sempre.

— Qual é o seu signo mesmo?

— Nem sei.

— Você é de março, né? Acho que é de peixes. Uma pessoa bem sensível, deve ser ligado à arte, sonha acordado. Talvez um pouco manipulador... — Ele me olha com cara de poucos amigos. Definitivamente é pisciano. Finjo que nem vejo e continuo: — Confesso que até hoje nunca havia me relacionado com um pisciano. Não sei se a gente combina... Deixa eu fazer seu mapa astral? É só você me passar a data em que nasceu, o dia, o mês e o ano, a cidade e... Ah! Como pude me esquecer? Preciso também da hora exata! — Já fui abrindo meu celular para consultar o site que eu usava para fazer o mapa astral das pessoas que conhecia.

— Nem curto essas coisas... Vem cá. — Ele tira o celular da minha mão e tenta me beijar de novo...

"Nem curto essas coisas?" Quem responde isso? É um mapa astral, sabe? Eu não estou pedindo o garoto em casamento.

Credo.

Ele devia usar um repelente de mulheres.

Talvez funcionasse melhor.

— Você faz o quê? Digo, da vida mesmo. Coisas como trabalho, estudos... — pergunto e o afasto novamente, bem devagar, claro. Também não queria que ele pensasse que eu odiava aqueles beijos, porque, poxa vida, eu adorava. Se tem algo que o Fábio faz bem é beijar. — Aquele dia você disse que me explicaria, acho que esqueceu... Nunca mais falou sobre isso.

— Trabalho com TI. — Ele revira os olhos. Estava nitidamente incomodado com o fato de eu querer conversar e não "terminar o trabalho".

— Não faz faculdade?

— Não.

— Nunca fez? Não pretende fazer? Só pra entender melhor, não estou julgando, claro.

— Não e não.

— Trabalha com o que exatamente em TI? — pergunto.

— Ah, você não vai entender...

Agora quem revira os olhos sou eu.

Estou tentando aqui, viu?

— E sua família? Você mora aqui com alguém, né? Eu vi um quarto que fica sempre fechado no final do corredor. Não que eu estivesse bisbilhotando, ou algo parecido, é só que fui tentar achar o banheiro da primeira vez e pensei que era naquela porta. Bem, de quem é o quarto? — Tento mais uma vez ter um diálogo.

— É.

— É o quê?

— Gata, para de me confundir. Você quer fazer algo ou só vai ficar aí falando? — Ele se senta na cama, ajeitando a calça para cima novamente.

— Eu não estou confundindo você, estou apenas perguntando quem mora aqui com você.

Silêncio mais uma vez. Agora, ele olha para a televisão, como se eu nem estivesse no mesmo cômodo que ele.

— Fábio?
— Oi?!
— De quem é o quarto atrás daquela porta?
— Ah, a porta.
— É, a porta.
— Ninguém.
— Ah, tá. Ninguém?
— Uhum. — Ele continua a assistir a um programa de reforma de caminhão.

Silêncio mais uma vez.

Olha, pra mim já deu.

Visto minha blusa e começo a calçar os sapatos... Pego minha bolsa e digo, decidida:

— Ah, aqui, está ficando tarde, viu? Eu vou indo. Estou com uma dor de cabeça daquelas.

Era assim que a gente funcionava, eu sempre tentando elevar nossa relação para um nível a mais, para algo além do físico, e ele sempre se esquivando. No final, eu acabo cedendo aos desejos da carne e depois vou embora. Ou então invento uma dor de cabeça para esconder a tristeza no meu semblante. Mas, hoje, eu estou decidida a não voltar mais.

— Tá.

Tá. TÁ.

É assim que o garoto que eu estou ficando se despede de mim.

Então era assim que os contos de fada da vida real funcionavam...

. . .

Chego em casa e encontro minha mãe jantando. Ela me observa curiosa, enquanto jogo a mochila na cadeira. O cabelo dela está penteado para trás, preso com uma presilha, sem um fio fora do lugar. A roupa sem nem um amarrotadinho. Empresária, mãe e *coach* da minha vida nas horas vagas. Ela sempre sabe quando eu estou fazendo alguma coisa de que poderia me arrepender.

Algo dentro de mim se encolhe um pouco, como uma tartaruga entrando em sua casca. Espero que ela não tenha notado.

— E aí, mãe?! Boa noite. — Puxo uma cadeira e me sento ao seu lado. — O que tem para comer? Estou com uma fome de leão...

— Onde você estava? — pergunta ela, sem rodeios, me olhando com seus enormes olhos de jabuticaba.

— Na casa do Fábio — digo, sem hesitar. Eu já havia falado do garoto do inglês para ela. — Lembra? O menino do meu inglês.

— E isso é um namoro? O que é? — continua ela, ávida para saber de mim algo que sua intuição de mãe com certeza desconfiava.

— Não, mãe. A gente só tá ficando mesmo — respondo. — Isso é normal hoje em dia, você sabe. Não é da sua época, mas nos dias de hoje é comum, inclusive a Mandy também tá ficando com um menino aí... O... — Droga. O que eu estava falando? O que a Amanda tinha a ver com isso? Deus, dai-me força, dai-me luz e controle a minha boca, que não sabe o que diz.

— Minha filha... Não estou te julgando... Nunca faria isso — ela se apressa em dizer —, eu entendo — acrescenta. — Só estou perguntando como uma amiga... Se ele é alguém que você quer namorar.

— Não mesmo — respondo sem nem pensar.

— Ah, é? E por quê? Ele não é legal?

Penso se devo contar ou não que eu e Fábio não conversamos direito. Que nossas conversas se restringem a "vamos?", "vamos!", alguns beijos e alguns amassos. E toda vez, toda vez *mesmo*, que eu tento conversar com ele, acabo estragando o clima. Se é que existe algum clima.

— Ele é, sim — digo, sem acrescentar nenhum comentário.

— É mesmo?

— Na verdade, a gente não conversa muito.

— Eu já tive um namoradinho assim.

Isso é real? Minha mãe está contando dos seus namoradinhos para mim? Isso estava mesmo acontecendo? Será que chegou o dia de sentar do lado da minha mãe, abrir uma garrafa de vinho e falar dos namoradinhos da juventude? Alô, vida adulta, pode vir! Estou amando.

— E como era? Vocês conseguiram conversar um dia? Namoraram depois? Teve um final feliz? Conta, mããães...

Eu amava escutar histórias de quando meus pais eram jovens. Talvez por só conseguir enxergá-los como adultos cheios de responsabilidades, era incrível imaginar que um dia foram jovens, assim como eu, pessoas que só queriam curtir a vida e tinham muitas inseguranças... Isso é algo que me dá um quentinho no coração. Consigo ver a menina por trás dos olhos da mulher decidida que minha mãe se tornou. Consigo ver o rapaz rebelde no sorriso confortante do meu pai. E me identifico com eles. Sou um espelho deles.

— Bem, não. Nunca consegui saber nem onde ele morava!!! — Ela deu uma gargalhada gostosa.

Eu quase nunca via minha mãe sorrir com tanta vontade.

— Mentira! Então ele era pior do que o Fábio! Não creio! — Sorrio de volta.

— Imagino que de fato tenha sido muito pior, filha... Nós só podíamos nos encontrar no dia que a mãe dele ia para a igreja, isso era aos domingos. Eu encontrava ele nos fundos do pátio da igreja, e a gente se beijava o tempo todo enquanto a missa rolava. Trocávamos no máximo três palavras por semana e olhe lá. Tentei de tudo para estabelecer uma conexão com ele, afinal, nosso beijo combinava muito. Mas acho que algumas pessoas simplesmente não falam a mesma língua. A gente não encaixava de forma alguma. Quando percebi isso, parei de ir nas missas de domingo, passou um mês, conheci seu pai. De cara, eu senti aquela conexão profunda, conversávamos por horas sem fazer esforço. Só beijo, corpo a corpo, não mantém duas pessoas juntas. Precisa de algo a mais, entende, filha? E por isso alguns relacionamentos não funcionam, porque não tem esse elemento de conexão. E está tudo bem se isso acontecer, meu amor. Está tudo bem se algo não der certo com alguém. — Ela dá um sorriso reconfortante. — Isso ainda vai acontecer muitas vezes na sua vida...

É isso. Minha mãe é uma gênia.

Ela conseguiu definir em poucas palavras esse sentimento engasgado, que habitava dentro de mim. O que era isso? Um beijo tão bom, mas uma conexão tão fraca... E por que eu me importava tanto assim em me conectar com as pessoas? Eu juro que tentei, nesses dois meses, ser um pouco mais carne. Um pouco mais humana. Relaxar e só curtir o momento. Sem planejar o nome dos filhos ou a música que vai tocar no casamento.

Mas, nessas minhas tentativas de ser quem não sou, acabo me irritando com uma situação que eu mesma crio.

Não sou essa garota descolada que dá uns amassos com o garoto do inglês porque ele é bonitinho, porque ele é gatinho. Convenhamos. Quem eu quero enganar? Isso me incomodava pra caramba. Talvez a Marina fizesse algo do tipo, afinal, ela adorava falar das festas sertanejas em que havia beijado mais de dez caras em uma noite.

Eu queria ligar menos para isso. Juro que queria. Porque, quando a carência batesse, não me importaria em passar dois meses ao lado de alguém que não se importa comigo.

Mas eu não sou assim.

O fato de ele não se interessar pela minha vida, de não me ver como alguém digna dos sentimentos dele... Quantas vezes encontramos pessoas assim no nosso caminho? Machuca. Machuca demais. Começamos a nos perguntar se não somos o suficiente para nós mesmas, sabe?

Eu não sou boa o suficiente para saber o seu mapa astral? Não sou boa o suficiente para que você queira andar comigo de mãos dadas no shopping? Não sou boa o suficiente para você me apresentar aos seus pais? Preciso sempre sair pela porta dos fundos? Não sou digna de saber um pouco mais sobre a sua vida? Não sou boa o suficiente para que você me mostre para os amigos e jure que "pessoalmente sou melhor que nas fotos"? Não sou suficiente para ser convidada para um jantar, para um show, uma peça de teatro, o que seja... Não sou suficiente para receber algo mais do que apenas um carinho físico? Eu não mereço ter a chance de mergulhar nem um pouquinho dentro de você? Não sou boa o suficiente para tocar a sua alma?

É.

Quando entramos em relacionamentos com pessoas que nos fazem sentir essa sensação de insuficiência, é como se jogar em um poço escuro, sem fim. Porque você está constantemente tentando ser algo que... não é. Então você chega ao fundo do poço e pede uma pá, porque precisa cavar um pouco mais fundo, já que humilhação nunca é demais, né?

Você começa a se questionar se é bonita o suficiente, interessante o suficiente, inteligente o suficiente para o outro, sendo que o problema não está em você. Está no outro. Ele não é suficiente. Por isso não se entrega. Porque ele não tem nada a oferecer. Apenas isso. E você aí, que está se sentindo insegura e insuficiente, precisa se lembrar de *você mesma*. Não deixe de se olhar. Você gosta do que vê? Pois então, vou lhe dizer uma coisinha: você não precisa preencher requisitos inventados pela outra pessoa para se sentir bem e completa. Isso não existe!

É como minha mãe disse, e eu complemento. Algumas pessoas simplesmente não falam a mesma língua. Não se encaixam. Não foram feitas para durar. São passageiras, nos ensinam algo e vão embora. Ou nem ensinam nada e isso também é um ensinamento, acredite.

Então o problema não está em você que não conseguiu se encaixar no outro; o problema está em achar que podemos nos encaixar em qualquer um.

Ou o problema está em você que quer de todas as formas se encaixar em alguém.

A gente tem que se encaixar na gente. Ser um quebra-cabeça completo. Daqueles de três mil peças bem complexos, mas que quando terminamos de montar, são de se admirar. Não adianta tentar cobrir nossos buracos com as peças de outra pessoa. Tem gente que não tem peça suficiente nem para formar sua própria imagem, que dirá para nos emprestar alguma peça... Não somos metades, sabe? Somos inteiros.

A gente só se esquece disso.

Porque é muito mais fácil ser só metade.

Sei que quando tentamos várias vezes e não dá certo vem o sentimento de insuficiência. De frustração. De que o problema deve ser mesmo você, e não os outros. Pois te digo, o problema não é de ninguém. Vai dar errado inúmeras vezes, mais do que você consiga contar nos dedos... E não é culpa sua.

Bem-vindo à vida. Temos que aprender a enxergar erros e situações sem sucesso como algo normal e corriqueiro, pois só assim conseguiremos manter o coração leve para algo melhor que vem lá na frente.

Bem melhor...

Na sexta-feira seguinte, dia do meu inglês, depois que nossa aula havia acabado, arrumo meu material e percebo que Fábio caminha na minha direção. Ele me pergunta se eu quero terminar o trabalho na casa dele, como sempre. Respiro fundo, ensaio as palavras na minha mente e digo sem pensar duas vezes, que é para não desistir no meio do caminho:

— Acho que acabamos de fazer o trabalho, Fábio.

— Acabamos? — pergunta ele, incrédulo, franzindo as sobrancelhas finas.

Observo-o pela última vez. Os cabelos enrolados, que iam até os ombros. Os olhos claros, cor de mel. A barba por fazer, que eu tinha certeza que era sempre feita de um modo para parecer "desleixado"... Ele era realmente lindo. Um gatinho, como diria Marina.

Uma pena.

— Uhum — digo, e então me viro para sair da sala.

Espio por cima dos ombros e aceno com a cabeça. Ele acena de volta.

Quem dera se todas as pessoas fossem como o Fábio.

Silêncio até na hora de terminar.

Terminar um trabalho, é claro.

Toda vez que minha vida parece um filme, alguma coisa vem e pá, mostra na minha cara que filmes fofos e românticos só existem nas telas de cinema.

CAPÍTULO 3

Nunca finja (por muito tempo) ser quem você não é

— E aí, amiga?!

Dou um grito daqueles para que Amanda me escute, pois, neste exato momento, estou escondida dentro da barraca que vende tequila.

Cada uma, viu?

Hoje mais cedo, quando tive a brilhante ideia de sair com minha sandália de salto, com certeza não imaginei o papelão que seria me ajoelhar atrás do barman para me esconder. Também não imaginei como seria difícil andar de salto em uma festa em que todos jogam suas bebidas para o alto (sério, qual o problema das pessoas? Só porque a cerveja é liberada tem que jogar para o alto?). A verdade é que eu não sei mais se estou na festa certa, afinal, muita gente me falou que esta seria a melhor festa do ano em Juiz de Fora.

Acontece que eu estou na festa certa, sim, a roupa que não está muito de acordo, mas a gente supera.

Quem nunca saiu de casa com o pijama por baixo do casaco do colégio e encontrou um solzão de matar esperando lá fora? Pois é. O que fazer numa situação dessas? Não tem o que fazer! Você finge que está amando o moletom. Finge que o calor não afeta você... *Nossa, calor? Nunca nem vi.* Daí você chega em casa esbaforida, sentindo-se como se estivesse em sua sauna particular, e a primeira coisa que você pensa é: *Nunca mais vou de pijama para a aula*. Mas toda vez que você acorda atrasada e todas as blusas estão lavando, você vai de pijama.

É isso.

Algumas pessoas erram para aprender a nunca mais errar.

E eu erro porque eu gosto de errar.

É um erro consciente.

É um erro gostosinho.

É um erro de estimação.

É quase como se eu e o erro tivéssemos um combinado: "De vez em quando você vai errar e se achar uma idiota por isso, mas volta sempre, viu, *docinho*? Me promete?"

E eu prometo para os meus erros, uma promessa até cruzando os dedinhos. Sei que vou me arrepender, mas faço mesmo assim.

Se eu ainda tivesse um Orkut, com certeza esta seria minha biografia.

É claro que quando cheguei na barraquinha de bebidas, descabelada, mancando (por causa do salto. Tá vendo? O salto!) e olhando para todos os lados como quem foge da polícia, o barman me observou com um olhar curioso. Afinal, estávamos em uma festa da faculdade e geralmente, nessas festas, as pessoas estão felizes, bêbadas, se divertindo, beijando na boca...

E não se escondendo.

Tenho absoluta certeza de que o ápice da história foi quando ele percebeu que eu não só estava agindo de modo estranho, como também tinha claras intenções de me esconder *atrás* dele.

— Vou me esconder... aqui... tá? — disse enquanto me encaixava entre um barril de chope e um freezer em que ficava o gelo. — É rapidinho, eu juro... Não vou te atrapalhar — acrescentei, ao ver o olhar confuso do pobre barman. — Eu... adoro suas tequilas. Muito boas. Com certeza, quando tudo passar, tomarei outra... Com muito, hum... limão. Limão e açúcar. Não, não, limão e sal. Limão e sal, claro, eu adoro tequila. As *suas* tequilas. As melhores tequilas da região. — Dei uma piscadinha rápida a fim de esconder o nervosismo que tomava conta de mim e vinha à tona pelas palavras, como sempre.

O olhar que o barman me lançou ao me ver de cócoras, encolhida entre as coisas do bar, falando frases sem sentido, com os bracinhos envolvendo as pernas... Não sei se consigo definir em palavras esse olhar.

Foi meio que...

Tadinha. É doida.

E diante da impossibilidade de fazer algo diferente, o barman aceitou a cena grotesca que eu protagonizei, acenou com a cabeça e fez um joinha. Com isso, presumi que ele não daria com a língua nos dentes a quem quer que estivesse me procurando. E respirei fundo.

Isso não estava acontecendo.

Não podia.

Era demais até para *mim*.

· · ·

Ok, vamos começar do começo.

 Eu queria muito ir à festa da Faculdade de Medicina, muito mesmo. E tudo bem, sei que não faço medicina, mas o xis da questão é que 80% das pessoas que iam para a festa também faziam outras coisas da vida. A festa de Medicina era sempre o evento mais aguardado do ano pelos universitários de Juiz de Fora, e este ano eu estava muito ansiosa, pois uma das atrações principais era ninguém mais ninguém menos do que... É o Tchan. QUAL É?! É o Tchan, sabe? Pau que nasce todo nunca se endireita? O que segura o Tchan? O que fez a galera passar por debaixo da cordinha? Ahhhh, eu amava. Todo ano ficava sabendo dessa festa, mas nunca me interessava em ir, pois sempre eram os mesmos sertanejos... E eu não gosto nem um pouco de sertanejo. Mas esse ano seria É o Tchan. Meus anos ralando o tchan finalmente fariam algum sentido.

 Seria épico, único, e eu precisava estar ali para passar debaixo da cordinha com a minha melhor amiga e gritar "essa música é minha" para qualquer música que tocasse.

 O primeiro passo da missão não foi fácil: convencer a Amanda.

 — Mandy, eu preciso que você vá a uma festa comigo.

 Nós tínhamos acabado de almoçar em um lugarzinho muito gostoso que vende macarrão barato no centro da cidade, e eu pensei comigo: que hora poderia ser melhor para pedir algo a alguém? O poder da barriga cheia é inabalável.

— Como assim, você *precisa*? Desde quando você precisa ir a festas, Isa? — Ela ajeitou os óculos, limpou a boca com um guardanapo e me encarou com os olhinhos pequenos.

— Ué, desde hoje. Qual o problema? — respondi prontamente. — Eu quero ir à festa da Medicina, vai comigo? — Amanda revira os olhos. — Por favor, por favor, por favor, por favoooor...

— Quem vai?

— Ué, como assim, quem vai? — Me faço de desentendida.

— O Fábio vai? É por isso que você quer ir?

— Para o seu governo... Fábio e eu terminamos. Ou, pelo menos, acho que terminamos. — Dou um sorriso de canto. — E desde quando eu vou a festas por causa de homem? — brinco.

Ela reflete por alguns segundos e concorda comigo em silêncio.

— Então por quê? Você odeia festas desse tipo... As mesmas músicas sertanejas de sempre... Eu prefiro ficar em casa, sério, amiga. A gente pode pedir algo para comer e assistir àquela série nova que você queria tanto ver... *Reign*, sabe? Príncipes e princesas, do jeito que você gosta... Que tal? Estou doida pra assistir e ver se é isso tudo mesmo.

Esse era o momento de usar minha carta na manga. Tudo bem que eu não sabia se Mandy gostava de É o Tchan, provavelmente não, pois ela só escuta rock e mantras espirituais, mas quem acredita sempre alcança, né?

Eu acredito, Isabela. Você consegue.

— Aí é que está! Esse ano não vai ser sertanejo... Vai ser É-O-T-C-H-A-N!— Exibi um enorme sorriso, mostrando os dentes, esperando que minha felicidade contagiasse minha amiga.

Alguns segundos de silêncio antecedem a resposta.

Logo percebi que minha melhor amiga não compartilhava da mesma paixão que eu.

Previsível. Previsível. Eu já esperava por essa.

Difícil mesmo de imaginar a Mandy dançando É o Tchan na Selva.

— Isabela...? — Ela quase perde as palavras. Eu não sei como a Mandy ainda se surpreende comigo, sério. — É o Tchan...? Que...?

É. Parece que toda amizade tem um limite de coisas estranhas aceitáveis e nós tínhamos acabado de ultrapassar essa linha quando demonstrei todo o meu amor por esse grupo incrível.

— É sério, Amanda. É superlegal, poxa... Quando a gente era mais nova tocava direto nas festinhas e...

— Eu não ia a essas festinhas — retruca ela.

— Amanda! E daí? Eu, hein. Você vai, pronto. Sua melhor amiga está pedindo. Isso deve valer de alguma coisa. — Levanto as sobrancelhas como quem pergunta "E aí? Vai encarar?". A carta de melhor amiga é sempre a que vence todos os jogos de poder na nossa amizade.

Ela bufou. Sabia que eu tinha razão, afinal, já fui várias vezes com ela ao cinema assistir a uns filmes superchatos de super-heróis e não morri por causa disso. Custava alguma coisa sambar comigo e fazer a coreografia da "Dança da Tomada"?

Olha, não custava. Quer dizer, custava o ingresso, né? Mas vocês entenderam.

— Tá. — Ela se dá por vencida. — Que dia que é?

— Próximo sábado! Eu já estou com os nossos ingressos, você pode se arrumar lá em casa, a gente vai de táxi, vai ser o máximo!

Nossa, eu estava muito empolgada. Muito mesmo. Essa festa tinha que corresponder às minhas expectativas, pois elas estavam tão bem-criadas que, mais um pouquinho, já estariam prontas para sair de casa e adentrar o mercado de trabalho.

— Você já tinha comprado o meu ingresso?! — Mandy fica surpresa.

— Claro que já, você acha que eu vou correr o risco de perdermos essa? Rá-rá. Jamais, meu amor! Vai ser épico!

Amanda ri. Não sei se da minha cara ou do que eu falei.

— Ai, Isabela... Ser sua amiga é a maior aventura da minha vida... Sério... É o Tchan... Quando eu imaginei que iria a uma festa só pra ouvir isso?

E foi assim que eu convenci Amanda a ir comigo na melhor festa de todas.

Ou, pelo menos, era o que eu achava.

E finalmente chegou o dia da tão sonhada festa da Medicina especial É o Tchan. Amanda foi se arrumar lá em casa e passamos o dia reassistindo a *The O.C.* (minha série preferida, apesar do que acontece no fim da terceira temporada, aff), até fizemos a unha uma da outra, como melhores amigas fazem nos filmes. A festa era só às onze da noite, mas às sete já estávamos prontas. Eu me vesti com uma calça preta justa e uma blusa ciganinha também preta, que deixava os ombros à mostra. Me olhei no espelho e achei que meu look estava básico demais, então, foi aí que tive a belíssima ideia (agora sabemos que não foi tão boa assim) de colocar uma sandália meia pata de salto alto. Às onze horas, chamamos um táxi (eu adoro chegar elegantemente atrasada nos lugares, não que alguém note) e por volta de meia-noite e meia, depois de uma fila gigantesca, de sermos revistadas de cima a baixo e de fazer amizade com várias pessoas na porta da festa, finalmente conseguimos entrar.

Logo de cara percebemos que a cidade *inteira* estava ali. Literalmente.

Senti como se tivéssemos sido as últimas a chegar e um monte de coisa já tivesse acontecido. Já havia gente indo embora, gente vomitando no banheiro, gente vomitando *fora* do banheiro... Tinha de tudo. A cada cinco passos eu parava para cumprimentar uma pessoa conhecida, e olha que eu não sou popular, hein? Naquele momento, eu agradeci pelo fato de o Pedro ter viajado no fim de semana e não poder vir com a gente, senão não conseguiríamos sair do lugar.

Em menos de dez minutos, contei umas doze garotas que ele já tinha apresentado para a gente como sua "ficante atual", sem brincadeira. Uma delas foi até grossa comigo, insistindo que eu estava mentindo e que o Pedro estava na festa, sim, eu que não queria contar para ela. *Eu hein, tenho mais o que fazer*, pensei.

Depois de cumprimentar umas quarenta pessoas, sem exagero, da tia que vende bala na frente da faculdade à menina que fez balé comigo anos atrás, eu e Amanda resolvemos procurar um cantinho da festa para chamar de nosso.

A festa em si não tinha nada de mais. Algumas bandeirinhas penduradas com o símbolo da medicina, universitários andando para todos os lados com suas canecas cheias de cerveja, algumas mesas nas laterais do galpão, barraquinhas que distribuíam bebidas, dois banheiros, uma área de fumantes, um camarote que era reservado para quem realmente fazia Medicina e um palco, onde o É o Tchan iria se apresentar mais tarde, mas que, no momento, era ocupado por um DJ aleatório tocando as músicas que ouvimos todos os dias na rádio. E, no meio disso tudo, estão as milhares de pessoas presentes. De todos os lugares, de todos os jeitos, dançando, gritando, conversando, chorando, vomitando, se beijando.

Não é difícil adivinhar para onde fomos.

Direto para as mesas laterais, claro.

Posso até ser nova de idade, mas se tem uma coisa que eu tenho é espírito de velha. Eu meio que *precisava* dessa mesa para continuar existindo na festa sem que começasse a reclamar de cinco em cinco minutos sobre as pessoas esbarrando na gente, derrubando as bebidas etc. Ficamos sabendo que para conseguir uma mesa era preciso comprar alguma garrafa de bebida. Ok. Unimos o útil ao agradável e resolvemos comprar uma garrafa de tequila, pois 1) Amanda amava tequila e 2) eu amava ficar sentada nas mesas. O carinha fofo que cuidava das mesas, Alex, veio logo falando que "A casa estava cheia" e que teríamos que sentar em uma mesa que ficava bem na saída de emergência, vulgo "saída para a área de fumantes". Se isso era um problema para a gente? Não, imagina. Ficar em uma mesa em que rola uma passagem intensa de pessoas o tempo todo era tranquilo, suave, afinal, tudo pelo É o Tchan.

Confesso que, às vezes, sou antissocial e logo pensei como seria uma droga quando um semiconhecido passasse por ali, pois eu seria obrigada a cumprimentar sem ter a chance de fingir que não vi. Além disso, por estarmos em frente à porta do "fumódromo", o cheiro e a fumaça de cigarro chegavam na nossa mesa e, frequentemente, umas pessoas aleatórias vinham nos pedir isqueiro, como se fôssemos as *promoters da área de fumantes*, que distribuíam isqueiros em vez de flyers.

Claro.

Tentei não focar no lado negativo do lugar que estávamos e curtir a festa. Tudo aquilo que incomoda a gente, se falarmos disso o tempo todo, vai incomodar muito mais. Ao longo dos anos, eu desenvolvi uma "técnica" em que finjo que aquilo que está me incomodando não me incomoda tanto assim. Dou uma de louca mesmo, sabe? E funciona. Uma hora a gente deixa pra lá de verdade e nem precisa mais fingir. Vai por mim, essa técnica serve para todas as coisas.

Enquanto o show não começa, tomo uma dose de tequila, ao passo que Mandy bebe umas seis. Dançamos até o limite que meu salto permitia e fizemos amizade com duas meninas que estavam sem mesa, Paola e Pri, deixando que elas descansassem um pouquinho na nossa mesa por alguns minutos antes de voltarem para o "ataque", como elas mesmas se referiam a quando iam para a pista procurar caras para beijar. Ai, ai. Essas festas de faculdade mexem com a cabeça das pessoas mesmo. Quem via as duas poderia facilmente pensar que elas estavam indo para a guerra. O que não é muito longe da realidade, né? Porque achar um cara interessante ali estava meio difícil. Tinha que desbravar mesmo. Os mais interessantes ou já estavam acompanhados, ou estavam bêbados demais para dar uns beijos sem compromisso.

Por volta das duas da manhã, ele apareceu.

De casaco vermelho, calça vermelha e um tênis branco. Chamando a atenção da festa inteira, não só pela beleza que reluzia no meio de todo mundo, mas também pela roupa completamente chamativa e "nada a ver" para a ocasião. Confesso que assim que ele entrou no galpão e eu vi um pontinho vermelho vindo em nossa direção, meu coração acelerou num ritmo que não consegui segurar. Eu não sei por quê, não me pergunte, mas algumas vezes nosso corpo nos faz sentir coisas que não sabemos de onde vêm.

Eu não sentia nada pelo Gustavo Ferreira.

Eu nem sequer conhecia o Gustavo.

Eu tinha achado o Gustavo um convencido chato naquele dia na faculdade.

Eu nem tinha me atraído por aquela pose de vendedor de televisão — ou tinha? *Eu tinha?*

Eu estava bêbada. Essa era a única possibilidade.

Por que diabos parecia que meu coração sairia do peito se ele chegasse mais perto?

Peraí, ele estava se aproximando?!?!?!

Da gente?!?!?!

Não, não... Hoje não...

Minha perna bambeou.

Toda vez que minha vida parece um filme e eu realmente fecho os olhos e falo "Agora eu estou vivendo o *Filme da Isabela*", alguma coisa vem e *pá*, mostra na minha cara que filmes fofos e românticos só existem nas telas de cinema, mas que na vida real a mocinha precisa enfrentar do terror ao romance, tudo isso em apenas alguns minutos, e, no final, ainda precisa se salvar sozinha, mesmo que ela já esteja sem um braço ou sem uma perna.

É que, às vezes, ficava impossível não se iludir.

— Ei, vocês duas. — Gustavo finalmente chega aonde estávamos e já vai logo nos abraçando e cumprimentando dando DOIS beijinhos, um em cada bochecha. — Vim para a festa de última hora porque ganhei um convite, vim sozinho mesmo, sem saber se encontraria algum conhecido e, em menos de cinco minutos, percebi que conheço a festa toda. Doideira.

Ele abriu um sorriso perfeito, branquinho, todos os dentes alinhados, e eu, sendo filha de dentista, quis beijar ele ali, bem naquela hora. Putz. Eu estava carente mesmo. Qualquer sorriso alinhadinho já me tirava do sério. Enquanto o cumprimentava, pude sentir um perfume vindo do pescoço dele... Seria o 212 Vip? *Meu Deus, Isabela. Parou, hein? Não se iluda, não. Esse ga-*

roto estava perfeitinho demais para ser verdade. Alguma coisa nele não me cheirava bem...

Mas ele era tão cheiroso... Puxa vida...

Percebi que eu e Amanda estávamos de boca aberta encarando o garoto, sem saber o que dizer. O tempo parecia congelado, pois desde que Gustavo tinha entrado na festa e vindo na nossa direção, eu e Amanda não trocamos uma palavra sequer. Ficamos as duas paradas, estáticas, esperando os momentos que viriam em seguida. Por isso somos amigas, a nossa comunicação é muito afinada, nem precisamos dizer nada. Sei que ela estava tão em choque quanto eu, pois Gustavo Ferreira poderia ir para qualquer mesa daquela festa, porque obviamente conhecia todo mundo... Mas não, Gustavo Ferreira preferiu vir até a *nossa* mesa.

Escolheu ficar junto com a gente.

E o motivo disso nós não sabíamos.

— Vocês já beberam tudo isso? — Ele levantou o tom da voz para que escutássemos em meio ao som nas alturas, e apontou para a garrafa de tequila que já estava pela metade.

Cara, será que eu julguei esse menino errado? Ele parecia um doce de pessoa.

— Talvez. — Me limitei a dizer com um sorriso, que queria que fosse sexy e um pouco misterioso. Mas a verdade é que eu era péssima em flertar e provavelmente esses adjetivos não seriam usados para definir o meu sorriso por quem quer que estivesse observando a cena de longe.

— Estão animadas, então...?

Mais um sorriso de orelha a orelha. MEU DEUS. Esse garoto precisava parar de sorrir ao meu lado. Não dava para existir *eu* e o *sorriso dele* no mesmo ambiente. Era contagiante. Os olhos acompanhavam aquele sorriso espetacular. Pessoas que sorriam assim ou eram muito verdadeiras ou muito falsas. Eu apostava na opção número um para que o sonho do *Filme da Isabela* continuasse vivo.

— A Isa é fã do É o Tchan...

Amanda não perde a oportunidade de me deixar mais sem graça ainda. Essa com certeza era a melhor amiga que eu pedi a Deus.

— Ah, é? Eu também! Vim só por causa disso — responde ele.

Amanda se diverte. Ela parecia saber que isso seria um ponto a meu favor. Até porque... Quem não gostava de É o Tchan? Só ela mesmo.

— Tocava muito nas festinhas quando eu era mais novo e comecei a sair... Ganhei esse ingresso hoje e confesso que estava meio desanimado... Mas quando vi qual seria o tema da festa... Tive que vir! — Ele me abraça pelos ombros e completa: — Você tem muito bom gosto, Isa... Posso te chamar de Isa?

Arregalei os olhos pra Mandy, como quem diz "Viu! Eu te falei!", e ela sorriu para mim, me encorajando a continuar a conversa.

Respiro fundo.

— Siiim! Total! E claro, pode me chamar de Isa. Todo mundo me chama de Isa. — Ok. Eu estava nervosa. Mas quem liga? Esse garoto era lindo e simpático. Qualquer uma ficaria nervosa no meu lugar. — Você não quer ser meu amigo, não? Pois fiquei mais de meia hora para convencer essa aqui a vir — apontei com a cabeça para Mandy. — Não foi fácil.

Peguei um copo vazio na mesa como se fosse beber e coloquei de volta antes que alguém percebesse meu nervosismo. Meu santinho do céu. Flertar não era meu forte, será que a gente podia se beijar logo? Quero dizer, será que a gente iria se beijar?

Porque eu queria muito.

Como se minha vida dependesse disso no momento.

É. Com certeza eu estava bêbada...

— Ah... seu amigo? — provoca ele. — Quero, não...

Eu sorrio sem nem raciocinar o que ele estava me dizendo. Nosso olhar dizia muito mais do que realmente estávamos falando. Ele me encarou com os olhos semicerrados e mordeu os lábios. Não sei se foi a única dose de tequila que bebi ou se eu realmente tenho toda essa coragem dentro de mim, mas quando me dei conta já estava me aproximando lentamente dele para dizer a seguinte frase no seu ouvido:

— E o que você quer ser, então...?

Nossos rostos estavam a centímetros de distância, então confirmei que, sim, ele usava o perfume 212 Vip. Eu reconheceria aquele cheiro tão familiar a quilômetros, pois teve uma época em que eu roubava esse perfume do meu pai todos os dias para ir à aula bem cheirosa.

— Agora? Desculpa se parecer indelicado... Mas eu quero te beijar...

Beijei Gustavo Ferreira e seus dentes perfeitos sem nem pensar duas vezes. Pode ter sido a emoção da festa, o moletom vermelho, o perfume, a iminência das músicas do É o Tchan ou o charme dele. Mas sei que, naquele momento, tudo que eu mais queria era beijar aquele garoto.

A gente tem dessas às vezes, né?

Estamos ali vivendo nossa vidinha, sem nos importarmos muito com o amor e todas as complicações que ele nos traz, quando de repente, *vrá*. Surge um cara nada a ver, que nos traz aquele sentimento de "eu preciso beijar essa boca nem que seja pelo menos uma vez". E o Gustavo despertou isso em mim. Logo eu, que não sou de ficar com ninguém sem antes saber o signo ou ter conversas profundas sobre a criação do universo.

Quando paramos de nos beijar, ele me abraçou forte, me deu um beijo na testa e falou sussurrando no meu ouvido:

— Desde que te vi a primeira vez, sabia que você ainda seria minha...

Uau. Que forte dizer que eu sou dele, né? Ah. Mas a essa hora da madrugada, levemente alterada, esperando o show começar, com um gato desses dizendo umas baboseiras fofinhas, até relevei.

— Até parece... A gente nem se falou direito... — retruco, valorizando um pouco o meu passe, é claro.

— Mas foi o suficiente, Isa... Você vai ver. A gente tem tudo a ver.

Então ele me deu mais um beijo de tirar o fôlego. Olha, sinceramente, esse garoto era o teste cardíaco em pessoa. Se eu não tinha infartado naquela meia hora com ele, eu não enfartaria nunca mais. Cada beijo era uma provação diferente, em que eu precisava disfarçar que estava tão feliz e tão ofegante.

Acabamos de nos beijar e, enquanto eu suspirava, com o coração a mil, ele me disse que iria no banheiro e já voltava. Olhei apreensiva para a Mandy e, assim que ele saiu do nosso campo de visão, comemoramos dando pulinhos e gritinhos, como duas crianças que haviam ganhado um brinquedo novo de última geração.

— Amiga do céu! Eu quase morri por você. Ele está muito na sua. Socorro — Mandy começa a falar, desesperada, olhando para os lados com medo de que ele voltasse rápido e nos pegasse no flagra fofocando. — Você viu o jeito que ele ficou te olhando antes de te beijar? Eu fiquei SEM AR!

— E eu, Mandy? E EU?! Logo eu, que não sei flertar, não sei ser sexy, morro de vergonha... — desabafei. — Não sei o que deu em mim, mas quando percebi esse interesse dele, fiquei louca! Parecia que *minha vida* dependia de beijá-lo naquele momento. Eu queria muito beijar o Gustavo. Faz sentido? Socorro?! Eu estou fazendo *algum* sentido?

Amanda virou mais uma dose de tequila, sem nem fazer careta. Como essa japa conseguia? Sério? Eu gostaria de entender.

— É a tequila, Isa. Você está levemente alterada, é normal. Tudo fica à flor da pele. Eu já li um estudo sobre isso, mas acho que esse não é o momento... — Ela espia por cima dos ombros, para se certificar de que ele ainda não estava no seu caminho de volta, e continua: — Sério, esse cara é muito lindo. Não sei se ele presta, ou se é um cara legal, mas na fila da beleza ele passou um milhão de vezes. Aproveita sua noite, você merece.

— Aiiiii. — Abracei minha amiga. — Eu falei que hoje ia ser épico! A noite só está começando, ainda vamos ter muita história para contar...

E eu estava certíssima.

Depois de alguns minutos, Gustavo voltou para a nossa mesa e, pelo que eu entendi, agora éramos um casal. Parecia que ele não tinha a menor intenção de sair dali para achar algum outro grupo para curtir a festa. Nós éramos o grupo dele.

Ok. Respira.

A sagitariana que habita em mim não gosta muito de grude, verdade, ainda mais com um cara que eu acabei de beijar, mas eu estava em uma relação tão ruim com o Fábio até dias atrás que esse grude inicial foi até gostosinho. Tinha tempo que não me sentia tão querida...

Dançamos juntinhos, ele estava muito carinhoso, me abraçando e beijando a todo momento, me dizendo como eu era linda, quanto estava feliz naquela noite com a gente... Parecia coisa de filme mesmo. Ele até estava sendo bem simpático com a Mandy e virou algumas doses de tequila com ela. Cheguei a pensar que quem via de fora certamente deveria pensar que éramos um casal de anos e que a Mandy estava mais do que acostumada a segurar vela para a gente, de tanto entrosamento que tínhamos.

A noite parecia que ia continuar perfeita, até o momento em que senti uma mão me puxando dos braços do Gustavo.

Quando me virei para ver quem estava me puxando, tive uma bela de uma surpresa.

Era ninguém mais, ninguém menos do que o Fábio.

Oi?

— Fábio? O que foi? Larga meu braço, você está doido? — começo a falar, sem me importar se o Gustavo estava escutando ou não, eu hein.

Que garoto doido esse Fábio. Não queria nada comigo, nem sequer conversava comigo, tenho certeza de que se eu o tivesse chamado para essa festa ele jamais viria, agora me vê ficando com outro cara e quer vir dar uma de namorado traído? Para cima de mim, não.

— O que você está fazendo com esse cara?

Ele estava bêbado. Muito bêbado. Pude sentir o hálito podre de longe.

— E te interessa? Nós não temos nada. Me solta, Fábio. — As mãos dele apertavam meu pulso.

Dei um solavanco para trás e me soltei.

— Cara, por favor, solta a moça... Ela já disse que não tem nada com você. — Gustavo me abraça e tenta me tirar de perto dele.

Fábio tropeça nos próprios pés e despeja um pouco de cerveja na gente. Olho para o Gustavo, meio que insinuando que eu consigo lidar com essa situação. Ele assente, quieto, e espera.

— O que você quer, Fábio? Com quem você veio? Cadê seus amigos? — Tento resolver a situação de forma madura. Ele claramente precisava de ajuda.

— Você é uma vagabunda mesmo... Suja... Já está ficando com outro... — Ele me olha com desprezo e, num lapso, cheguei a pensar que ele partiria para cima de mim.

Aquela palavra ecoou na minha cabeça, "vagabunda". É tão fácil ficar bêbado e sair falando merda por aí, né? Vagabunda, eu? Por quê? Por seguir com a minha vida? Por tentar ser feliz? Por ser dona do meu próprio destino e não me importar com o que vão falar? Por beijar na boca? Por ser humana? Por ter desejo? Eu sei muito bem o que eu sou, eu sou dona de mim.

— Olha, Fábio, sai daqui... Sério. Ninguém te quer por perto. — Empurro Fábio sem muita força, tentando fazer com que ele saísse logo dali, e rezo para que o Gustavo não tenha escutado o que ele estava falando. Meu Deus... Que situação desnecessária.

— Você é ridícula, Isabela... Vagabunda... Tenho nojo de você... — Ele fala um pouco mais alto e olha bem na cara do Gustavo, tomando fôlego para o que viria em seguida. — Pode comer, cara... Eu já comi mesmo... — finaliza ele, com um sorriso estampado no rosto.

O que aconteceu em seguida eu não sei definir até agora.

Em uma fração de segundo, Gustavo me pediu desculpas e falou para a Amanda me tirar dali, pois ele não queria que eu visse o que ia acontecer. Enquanto corríamos, eu com meus sapatos de salto já na mão, escutei o barulho alto de um soco e, em seguida, uma multidão começou a gritar desesperada, correndo para os cantos da festa, fugindo da briga que se iniciava.

A adrenalina pulsava em minhas veias.

Senti medo, senti pânico, senti vontade de sumir.

As palavras do Fábio não saíam da minha cabeça. Por que ele estava fazendo isso comigo? A troco de quê? Ele, que nunca quis ter nada sério, que nunca quis nem ter uma conversa de peito aberto, sincera, então por que me machucar daquele jeito? O que eu fiz para merecer isso? Eu fiz alguma coisa? Eu estava errada em beijar o Gustavo tão pouco tempo depois de ter "terminado" com o Fábio? Mas se não tínhamos nada, isso contava como término? Ele não tinha concordado em silêncio quando eu disse que "nosso trabalho" havia acabado? Eu era uma vagabunda? Nojenta? Nossa! Será que era isso que ele pensava de mim enquanto estávamos juntos?

Poxa vida.

Senti vergonha.

Muita vergonha.

Queria me esconder do mundo e ficar ali por algumas horas até aquele sentimento sair de dentro de mim.

Há poucos momentos da minha vida em que posso dizer que tive vergonha de ser quem eu sou, mas naquele momento foi impossível não sentir. Não porque acreditei nas palavras que saíram da boca dele, porque eu não acreditei. Sei que não sou nada do que ele falou e que nunca vou ser. Mas senti vergonha por toda aquela situação constrangedora. Me senti um pouco culpada, sabe? Talvez fosse melhor ter ficado em casa assistindo a uma série, como Mandy havia sugerido. Ir às festas não é mesmo para mim. Ficar com caras bonitos só por uma noite também não. O Gustavo era um cara tão bacana, e eu acabei estragando a noite dele de tabela.

Tudo isso porque eu simplesmente não sei escolher as pessoas com quem eu me relaciono.

Parece que meu cupido olha para os meus crushes em potencial e pensa: "Ela vai sofrer bastante com esse cara? Taí. É esse", e dispara a flecha.

Quem imaginaria que o Fábio faria isso? Aliás, quem imaginaria que o Fábio viria a uma festa dessas? Ele era a última pessoa que eu esperava encontrar por aqui.

Agora você entendeu como eu cheguei ao ponto de pedir para me esconder dentro de uma barraca de tequila, né?

Enquanto eu esperava um sinal da Amanda para sairmos logo dali, tentei me acalmar. Estava tão nervosa que parecia que era eu quem tinha dado um soco em alguém. Tremia da cabeça aos pés. As palavras do Fábio ecoavam repetidamente na minha cabeça. A cena do Gustavo me pedindo desculpas e pedindo para que minha amiga me tirasse dali... Tentei refazer essa cena mil vezes na minha mente, como se, ao refazê-la, o final pudesse ser modificado. Tentei contar até cinco. Tentei respirar fundo três vezes. Tentei fechar os olhos e fingir que tudo isso não passava de um sonho.

Mas nada disso diminuía o ritmo do meu coração acelerado. Nada disso diminuía minha ansiedade, minha respiração ofegante e a minha vontade de sumir. Eu precisava sair dali. Queria fugir, queria minha cama, minha mãe, meu pai, meu irmão, meu travesseiro. Queria chorar até que não tivesse mais nenhuma lágrima dentro de mim... Queria esquecer que esta noite aconteceu.

Eu precisava esquecer.

· · ·

— E aí, amiga?

Dou um grito daqueles para que Amanda me escute.

Ela me lança um olhar que eu conhecia muito bem.

Mandy está do lado de fora da barraca de tequila, na ponta dos pés, vendo se a multidão já havia se dispersado, se o Fábio já tinha sido retirado da festa pelos seguranças (e se seria, né!), e se o Gustavo estava bem. Mas pelo olhar dela, as coisas não estavam nada bem. Conheço minha amiga. Ela estava simplesmente horrorizada, mesmo que tentasse esconder com sorrisos encorajadores de segundo em segundo. Respiro mais uma vez.

Vai passar, vai passar.

Tudo passa.

— Vem, Isa. Vamos embora agora. — Mandy faz sinal para eu me levantar rápido e prontamente obedeço, sem nem questionar as ordens da minha amiga.

Agradeço em silêncio "a ajuda" do barman da barraca de tequila e, me segurando pelo braço, Amanda faz força para me levantar do buraco onde eu estava. De mãos dadas, ela vai me guiando por todo o caminho, pois sabia que eu estava nervosa demais para conseguir andar sozinha. Enquanto seguimos em direção à porta da festa, tento assimilar o que estava acontecendo ao meu redor. Algumas pessoas nos olham levando as mãos à boca, comentando sobre o ocorrido. Outras parecem não saber do que acabara de acontecer, ou que eu tinha sido o pivô para que a festa tivesse "acabado" por alguns minutos. A música está tocando ao fundo em volume baixo, e eu sinceramente não sei dizer se está baixa de verdade ou se eu que estou tão nervosa a ponto de nem sequer escutar os ruídos ao meu redor. Nem sinal do Gustavo. Muito menos do Fábio. Quando chegamos à porta da festa, vemos uma movimentação de seguranças na entrada e, mesmo que eu não quisesse escutar nada, consegui distinguir um deles falando "O cara saiu daqui direto para o hospital... Acabaram com ele", e eles riam com os companheiros de trabalho, que conversavam sobre a briga que acabara de acontecer, como quem conversa sobre as notícias do dia enquanto toma um café com a família.

Uma ânsia toma conta de mim. Acho que vou vomitar.

Apoio-me na minha melhor amiga para não cair ali mesmo.

— Isa, segura aí. Estou aqui com você. Daqui a pouquinho a gente chega na sua casa, tá? Eu prometo. — Mandy falava isso para mim repetidamente, a fim de me acalmar, mas eu não conseguia responder. — Vai ficar tudo bem. Já está tudo bem. Se acalma...

A última coisa de que me lembro foi Amanda, desesperada, pedindo para que as pessoas que estavam na fila esperando um táxi nos deixassem passar na frente delas, pois era uma emergência.

Momentos depois disso, tudo ficou preto.

> Eu não ia deixar que um comentário infeliz me definisse. Respirei fundo, me olhei no espelho e disse para mim mesma: Você é linda.

CAPÍTULO 4
Você é o que você faz, não o que dizem

Pense e me responda: *quantas vezes você deixou outra pessoa dizer quem você é?*

Tenho certeza de que ao ler essa pergunta você pensou em inúmeras situações em que provavelmente deixou que alguém dissesse quem você é. Isso acontece todos os dias.

O tempo todo. Às vezes, você nem percebe. Outras, concorda calada. Pode vir de pessoas que amamos muito, ou de pessoas que não passaram sequer cinco minutos ao nosso lado. É normal, somos humanos.

Apontar e acusar o outro é muito mais fácil do que olhar para dentro de nós, né?

Na minha vida, muitas vezes me confundi sobre quem eu era, quem eu realmente queria ser, e o que diziam que eu era.

O pior é que essas três pessoas não são, nem de perto, parecidas.

Muitas vezes deixei que me dissessem quem era a Isabela e me calei diante de "verdades tão absolutas" vindas de outras pessoas. Na nossa ingenuidade, pensamos que aqueles que não nos conhecem tão de perto têm uma "visão melhor" de quem somos, do que aparentamos ser, e, às vezes, cometemos o maior erro de todos: deixar que digam quem nós somos.

E isso não vem só de pessoas que nos odeiam ou que não gostam da gente. Muitas vezes aqueles que mais amamos são os que mais nos colocam rótulos. Acreditamos tanto nesse amor puro e verdadeiro vindo de pessoas próximas que aceitamos calados as classificações que nos são dadas.

Vamos lá. Vou exemplificar algumas delas para vocês.

Eu nunca fui magrinha. Sempre fui maior do que minhas amigas e isso nunca me incomodou, de fato. Para mim, era algo normal, assim como meu cabelo ser loiro ou meus olhos serem castanhos. Eu era mais corpulenta que minhas amigas, e daí? Vida que segue. Isso nunca foi algo que me preocupasse ou que me incomodasse. Eu sempre gostei do que vi no espelho e, para mim, isso bastava.

Até o dia em que cheguei para celebrar o Natal em família na cidade dos meus avós e escutei da boca de um tio meu que eu devia estar comendo demais para estar daquele tamanho. Pensei: *Mas, gente, eu nem como direito... eu engordei tanto assim?*, e ali, naquele momento, fiquei pensando em como me justificar, pensei em dizer que ser gorda, corpulenta, não me fazia uma pessoa pior. Pensei em dizer que não, eu não estava comendo demais, pois fazia dieta de segunda à sexta (mesmo não precisando, pois minha saúde estava ótima), e que só bebia refrigerante nos fins de semana. Pensei em dizer que tinha começado a academia havia pouco tempo e que provavelmente estava inchada de tanto malhar. Pensei em dizer que havia cortado o arroz da minha dieta porque li uma reportagem falando que arroz todo dia faz muito mal. Pensei em dizer que, por estar tomando anticoncepcional, isso também deve ter contribuído para que eu engordasse um pouco mais. Pensei em dizer que estava em época de provas, por isso tinha me permitido comer um chocolatinho e, talvez, essa fosse a causa dos meus "quilos a mais". Pensei em dizer que eu estava deixando de ser uma garota, agora estava me tornando uma mulher. Minha aparência iria mudar, é claro que iria.

Mas não deu. Eu estava constrangida de uma forma tão absurda que simplesmente me calei.

Cobri minha barriga que estava de fora e tentei abstrair o comentário infeliz. Confesso também que ali, naquele momento, senti um pouquinho de vergonha por "existir". Não sei se consigo definir esse sentimento com clareza, mas é uma vontade de sumir que sobe pela garganta, sabe? Como se você estivesse no lugar errado.

Comentário feito, rótulo colocado com sucesso em alguém que nem sequer teve voz para contestar. Minha avó, me lembro muito bem, colocou até menos comida no meu prato na hora da ceia. E eu percebi, mais uma vez calada. Para quem estava presente no momento, talvez nem tenha ficado evidente o meu desconforto, a minha chateação. A conversa na mesa continuou, falaram de futebol, da nova novela, da atriz que emagreceu e estava com um corpaço. Por que as pessoas se importam tanto com o corpo das outras? Por que estamos constantemente rotulando pessoas com "Nossa, você emagreceu", ou com "Você viu como ela engordou?". A aparência significa tanto assim? O nosso interior não deveria prevalecer? Não deveríamos falar sobre o bom humor de alguém, sobre aquela garota ser tão sorridente e prestativa, sobre aquele homem ser tão gentil e cortês? Por que transformar o corpo em uma prisão? Nos limitar ao que vemos de imediato? Gostaria de entender.

Aquilo que meu tio me disse doeu tanto... e continuou doendo por um bom tempo. Devo dizer.

Por que as pessoas fazem questão de te colocar para baixo sempre que surge uma oportunidade?

Fica o questionamento.

Quem machuca os sentimentos de outra pessoa, no geral, se esquece. Mas quem sente as dores... Nunca esquece e sempre tenta encontrar um motivo para esse "machucado".

Esse comentário gerou uma série de perguntas na minha mente... Se eu me amava do jeitinho que era fisicamente e estava feliz com isso, qual o motivo da crítica alheia? Será que não conseguiam perceber que eu estava nitidamente feliz com o meu corpo, que eu estava me amando, aceitando minhas mudanças como se fosse algo natural (o que realmente é)? Qual o propósito de um tio olhar para uma sobrinha e dizer tais palavras? Será que ele achava que isso era um incentivo para que eu emagrecesse? Mas e se eu não quisesse emagrecer? Se eu estava saudável, com a saúde perfeita, por que eu deveria vestir dois números a menos? Para agradar a quem? Meu tio? A sociedade? Eu deveria atender às expectativas das pessoas ao meu redor? Eu deveria escutar críticas das pessoas da minha família? Estariam elas preocupadas comigo, de fato? Ou só estavam procurando alguém para despejar suas frustrações? Por que despejar frustrações em mim? Eu tinha dezesseis anos, poxa! Era uma jovem se descobrindo no corpo de mulher. Eu gostava de mim, gostava do meu corpo, mas escutar uma crítica com um tom pejorativo desses, como se houvesse algo errado com o meu corpo, como se houvesse algo errado *comigo*, realmente mexeu com a minha mente, que ainda era bastante imatura na época.

E, sem nem perceber, eu deixei que esse sentimento me dominasse.

A frase do meu tio se repetia o tempo todo na minha cabeça. Era um looping infinito. Eu tentava de todas as formas calar a voz dele, mas sempre tinha um gatilho que fazia tudo isso vir à tona.

Todo dia eu acordava, me olhava no espelho e ficava procurando algum defeito, algo que eu não fazia antes. Via pessoas me olhando na rua e imediatamente achava que elas estavam pensando a mesma coisa que meu tio. Quando encontrava algum amigo de antigamente, morria de medo de ouvir que tinha engordado. Cortei refrigerante, carboidratos, doces, só comia peito de frango. Quando ia à academia, só me permitia sair da esteira quando o marcador de "calorias gastas" chegasse a oitocentas calorias. Eu ficava horas na academia para conseguir me sentir bem comigo mesma de novo, e, mesmo assim, não adiantava. Às vezes, vestia uma roupa antiga e, ao perceber que não cabia mais em mim, vinha a voz do meu tio de novo, falando "Tá comendo muito...", e eu tentava responder "Não tô, não!", "Estou feliz assim!", mas, por algum motivo, me sentia sempre pra baixo. E não era surpresa alguma que eu não tivesse cabeça para resolver uma questão como essa aos dezesseis anos.

Então comecei a pesquisar dietas malucas nas revistas, ficava dias em jejum, bebendo só água, tentando chegar a algum lugar que eu não sabia muito bem qual era... Tive episódios de desmaio, tonturas, até cheguei a cogitar colocar o dedo na garganta para vomitar meu almoço, como já havia ouvido falar que algumas meninas faziam.

Porém, no dia que me vi cara a cara com o vaso sanitário, preparada para o pior, senti que era a hora de colocar um ponto final no que nem deveria ter começado.

Era hora de parar com isso.

Eu não ia deixar que um comentário infeliz me definisse.

Respirei fundo, me olhei no espelho e disse para mim mesma: *Você é linda. Você é incrível. Você é perfeita do jeitinho que é. Com todas as suas cicatrizes, com todas as suas curvas.*

E repeti isso todos os dias, até se tornar verdade novamente.

Não vou dizer que foi fácil, porque não foi e nunca será, e olha que eu sempre fui muito "bem-resolvida". Mas são nesses momentos que você vê como um simples comentário infeliz, feito por um tio frustrado que nem conhece você direito, pode desestruturar até a mais sólida das mentes. Logo eu, que sempre tive uma resposta na ponta da língua para os coleguinhas de sala que diziam que eu tinha a "testa grande demais". Eu, que sempre falei para minhas amigas se amarem do jeitinho que elas são, pois somos perfeitas cada uma do seu jeito. Eu, que nunca quis ser como as garotas das capas de revista, que nunca tinha acreditado em dietas malucas, que nunca quis me enquadrar em padrão nenhum para ser mais aceita ou mais amada...

Por causa de um "simples" comentário, eu estava deixando de me amar.

Porque eu não fazia o que fazia (dietas, academia, ficar sem comer) para me sentir bem, pelo contrário, eu fazia tudo aquilo porque estava me sentindo mal em relação a algo que tinham dito sobre mim. Eu queria provar para o mundo (ok, para o meu tio) que ele estava errado... Mas, me diga você, a gente tem mesmo que provar algo para alguém?

Não.

A gente tem que agradar alguém?

Não.

A gente tem que agradar a gente.

Ser feliz com o que temos.

Temos um corpo perfeito que é capaz de nos levar para todos os lugares desse mundo enorme, além de um coração quentinho dotado da capacidade de amar e sentir os mais diversos sentimentos.

Quer mais do que isso?

No entanto, parece que a gente não aprende. Essa história com o meu tio deveria ter me ensinado muito mais do que ter amor-próprio, deveria ter me ensinado também que ninguém tem o direito de dizer quem a Isabela é.

Só que somos seres humanos, erramos com bastante frequência. E sabemos quanto os erros ensinam. Às vezes, dou dois passos para trás, para então dar quatro para a frente. E está tudo bem, sabe, depois vira história para contar, né?

Vou contar outro episódio em que eu deixei que me dissessem quem eu era e me calei...

Sempre fui meio tímida. Ser *meio* tímida é algo complicado. Se você é tímida, *tímida mesmo*, todo mundo nota logo de cara. Mas se você é *meio* tímida, corre o risco de as pessoas confundirem isso com antipatia. *Como assim, ela é tímida? Eu sempre a vejo falando alto com os amigos e dando risada. Isso não me parece coisa de alguém muito tímida.* Acontece que, com pessoas com quem me sinto à vontade, eu realmente me solto pra caramba. Pode ser um amigo de anos ou alguém parado no ponto de ônibus. Se a pessoa faz com que eu "me sinta em casa", eu vou contar a minha vida inteira em questão de minutos. Revelo meus segredos mais profundos e as histórias mais loucas sem pudor algum. Mas quando não me sinto à vontade em algum ambiente ou com algumas pessoas, eu sou, sim, tímida.

Quando chego em algum ambiente novo, é da minha personalidade ficar quietinha, ficar na minha, esperar alguma abertura para que eu possa ser quem eu sou normalmente.

E isso não acontece de imediato. Às vezes, isso nem acontece.

Então, eu continuo quietinha, porque se tem uma coisa que eu sei fazer é: me fechar no meu mundinho e ficar ali bem de boa. Sem incomodar ninguém ou me sentir incomodada. A capacidade de "só existir" eu domino muito bem. Ô, se domino! Sei lá, só existir é tão bom, né? Rá-rá.

É fato que toda vez que algo muda bruscamente na minha vida, como por exemplo, começar em um novo emprego, ou entrar em uma nova sala de aula, isso acaba se tornando um pouco desgastante. Porque sei que não vou ser a mais popular do trabalho ou a mais popular da sala, afinal, eu não me importo *muito* com isso, e muito menos tenho o "dom" para tal. Eu nunca fui aquela menina que conhecia o colégio todo e que era eleita representante de classe, ou a que tinha 87 depoimentos no Orkut de 87 melhores amigos. Eu tinha minhas três amigas e isso já era *muito*. Muito mesmo. Eu prefiro assim. Não que eu seja metida ou me considere melhor do que as outras pessoas, simplesmente gosto do meu mundinho e me sinto bem e segura ali.

É o meu jeito. Eu não consigo entrar num lugar em que não conheço ninguém e conquistar todas as pessoas presentes. Eu não consigo puxar assunto facilmente com pessoas que não conheço, a timidez (viu, eu disse que ela existia!) sempre fala mais alto. Não consigo ser diplomática, ser mais ou menos, fingir ser algo que não sou... Também não consigo fingir que gosto de uma pessoa se eu não a conheço o suficiente para gostar ou desgostar dela.

Eu apenas sou indiferente ao que não me diz respeito.

Se eu gosto de você, gosto muito. Muito mesmo. Vamos da Terra ao infinito em questão de segundos. Mas se não conheço você, vou me esconder dentro da minha casca, viu? É minha forma de me proteger do mundo.

E esse meu jeito de ser sempre foi mal interpretado. Sempre mesmo.

Bela hora quando resolvi mudar de colégio no meio do terceiro ano do ensino médio.

Eu não estava satisfeita com o método de ensino do colégio em que estudava e pedi para meus pais me colocarem em um cursinho mais focado no vestibular, além disso, eu tinha uma conhecida, a Gisele, que estudava no cursinho, e me falava superbem do lugar.

Resolvi arriscar.

O cursinho se chamava Alternativa e parecia um lugar bem legal para estudar. Fiquei muito empolgada no primeiro dia de aula, afinal, tudo novo, né? A gente se enche de esperança de *não sei o quê*.

Cheguei lá e, para minha surpresa, a Gisele não tinha ido à aula naquele dia. *Legal, vamos lá, Isabela.* Você não conhece ninguém, mas vai dar tudo certo. O que pode dar errado, não é mesmo? É só um curso pré-vestibular inocente, com pessoas legais, focadas em passar para alguma faculdade.

Vai fundo, menina.

Ao entrar na sala para a qual fui sorteada, notei olhares desconfiados em minha direção. *Quem era essa doida entrando no meio do ano na nossa sala?*, certamente pensaram. Engoli a vergonha, dei um sorrisinho tímido ao léu e me encaminhei para a única carteira vazia, que ficava lá no fundão, do lado de um monte de garotos que pareciam ser os mais bagunceiros da turma.

Por incrível que pareça, esses garotos fizeram com que eu me sentisse em casa. Não precisei fazer qualquer esforço para que eles se tornassem meus amigos. Leo, Matheus, Tiago, Bruninho e Cadu. No primeiro dia, eles já me mostraram onde ficava cada parte do cursinho, onde eram os banheiros, a cantina, a xerox, a sala da coordenadora... Me falaram quais eram os professores mais legais, os mais chatos, os que "deixavam" colar nas provas, os que eram mais bravos... Foi amizade à primeira vista. Pensei: *Caramba, esse é meu dia de sorte. Fiz amizades sem esforço nenhum, será que a sorte estava virando para o meu lado? Alô Mega-Sena, estou chegando!*

Só que não podemos esquecer que nada é fácil na vida da Isabela, meus amigos, *nada*.

Durante essa primeira semana de aula, fui conhecendo um pouco mais dos meus novos amigos, Leo morava num sítio e tinha um bode de estimação. Isso mesmo, um *bode*. Matheus era bom com números e o rei do truco. Tiago sabia tudo de futebol e tinha o sonho de se tornar apresentador do *Globo Esporte*. Bruninho só queria saber de dormir na aula. E Cadu, o mais tímido de todos, namorava havia cinco anos com uma menina que também estudava no Alternativa, só que um ano abaixo de nós. Me senti muito querida, muito bem-vinda. Era como se eu sempre tivesse pertencido ao grupo deles.

Pela primeira vez na vida, uma "transição" estava sendo fácil.

Até aquele dia.

Por que *dias assim* sempre têm que existir?

Eu estava na fila da cantina quando sinto alguém me cutucando. Me viro para ver quem é e me deparo com uma menina *muito linda*. Apesar da maquiagem nos olhos e em todo o rosto, dava para ver que ela devia ter no máximo uns quinze anos. Era baixinha, tinha os cabelos enroladinhos, ruivos, o rosto cheio de sardas. Parecia até que a garota brilhava no meio das outras pessoas, credo, devia ser proibido uma pessoa ser tão bonita assim logo de manhã.

Dei o meu melhor sorriso para ela. Mais uma amiga? Ai, ai. Eu estava mesmo arrasando nas amizades.

— Você é a *tal* novata? — perguntou ela, de forma meio grosseira, cruzando os braços logo em seguida.

Fiquei sem reação. A *tal* novata? O que eu fiz? Seria *eu* essa novata a quem ela se referiu com tanto nojo? Mas eu só estava no cursinho havia uma semana, não era possível. Eu mal saía de dentro da sala de aula de tanta vergonha, aquele era o primeiro dia em que eu tinha tomado coragem para comprar pão de queijo no intervalo. Poxa vida. *Só queria um pão de queijo, irmão*. Sem complicações, só um *pãozinho de queijo* inocente... Eu estava com fome. É sério. Pessoas com fome não respondem por seus atos, já ouviu dizer? Pois é.

— Eu sou novata, sim... Se você quer saber, errr... Eu... A gente se conhece? Quero dizer, não que não possamos nos conhecer, mas acho que você está me confundindo... Só estou aqui tem uma semana, acabei de chegar, eu estudava em outro colégio. O Carmelita, sabe? — A cara de nojo no rosto dela piorava a cada palavra proferida. — Bem, eu, é... Me dá licença, chegou a minha vez e estou morrendo de fome... Preciso comprar um pão de queijo... Espero que encontre a "tal novata" por aí. — Fiz as aspas com as mãos, na tentativa de parecer engraçada, porém, ela não achou graça nenhuma. Droga. Acho que não seríamos mesmo amigas.

Quando me virei para fazer meu pedido ao atendente, pensando ter me livrado da baixinha ruiva invocada, sinto um puxão no meu cabelo e, depois, uma dor sem igual.

Fui direto para o chão.

Em meio a gritos de "Quem você acha que é para dar em cima do meu namorado?!?!", levei chutes, tapas e empurrões. As pessoas formaram um círculo ao nosso redor e ficaram observando o desenrolar da cena, completamente em choque. Uma menina do segundo ano batendo em uma do terceiro. Com certeza os alunos se deliciaram com isso.

O que estava acontecendo? Eu estava apanhando, é isso mesmo? Estava doendo muito. Nossa. Apanhar dói, hein? Será que alguém poderia me ajudar, aqui? Acho que vou a óbito a qualquer momento. E a culpada ia ser uma menina mais nova do que eu, mais baixa do que eu e que, com certeza, tinha mais atitude do que eu? Quem era o namorado dela? Eu dei em cima do namorado dela? *Sério mesmo?* Mas eu não tinha dado em cima de ninguém. Ou tinha? Eu tinha? Não, não tinha. Aiii.

Isso só podia ser pegadinha. Certeza.

Torci muito para que alguém parasse aquela cena grotesca e falasse "Rá-rá. Você está participando de uma pegadinha de TV", mostrando as câmeras escondidas. Eu me levantaria, machucada, e riríamos dessa pegadinha tão realista.

Depois, me fariam assinar um contrato autorizando o uso da minha imagem e, na semana seguinte, todos estariam rindo da minha cara, sentados com a família no sofá. Minha mãe ficaria orgulhosa, finalmente seria o início da minha carreira na TV. E a menina baixinha e ruiva se tornaria uma grande amiga, um dia contaríamos para os nossos filhos como nos conhecemos em meio a chutes, pontapés e puxadas de cabelo. Tudo de brincadeirinha, claro.

Escutei vozes falando alto e braços me puxando para longe dali. Naquele momento, confesso que não estava entendendo mais nada do que estava acontecendo comigo. Talvez a pancada na cabeça tivesse me deixado lelé da cuca. Já vi isso em alguns filmes, é realmente perigoso.

Fui levada para a enfermaria do cursinho e colocada em uma maca bem dura, acho que não deviam usar muito aquilo. Em seguida, algumas pessoas entraram na enfermaria apressadas, então, pude escutar os sussurros através da cortina que cercava minha maca.

— Essa é a menina nova, coitada...

— O que que estava passando pela cabeça da Mariane? Vamos ter que suspender as duas. O que vocês acham?

— O Cadu já está sabendo?

— E os pais da Isabela? Como vamos falar? Gente... Isso nunca aconteceu nesse colégio.

— É preocupante... Muito preocupante...

— Ela não se machucou muito... Pelo menos isso!

— Se machucou, sim. Você não viu o sangue?

Oi? SANGUE? Que sangue?! O Cadu já estava sabendo? O que o Cadu tinha a ver com isso? E por que eu seria suspensa? Eu não tinha revidado nem um chutezinho. Peraí, né?

Peguei o meu celular, ainda tremendo um pouco, e tomei coragem de ver o estrago que a baixinha tinha feito em mim. Meus lábios estavam sangrando, pois em um dos chutes ela acertou minha boca em cheio. O cabelo estava todo embolado devido às muitas tentativas de arrancá-los da minha cabeça, mas graças à hidratação de cada semana, meus fios resistiram bravamente àquele ataque. Nenhum olho roxo. Nenhum corte profundo. Acho que eu havia me saído muito bem dessa minha primeira briga, se quer saber. *Pode vir, Mariane. Tô pronta pra próxima.* Brincadeirinha... Vai que ela escuta...

De repente, a coordenadora do cursinho, Márcia, abre a cortina e me encara com seus óculos fundo de garrafa. Ela tinha o pescoço longo e usava um casaco de pele que me fazia associá-la a algum animal.

Que animal seria esse? Meu Deus. Rá-rá.

— Isabela, né? — disse Márcia.

Meu Deus. Já sei! Ela parecia muito uma avestruz de óculos. Não sei por que pensei nisso, mas a cada vez que eu tentava não pensar, pensava ainda mais. Avestruz de óculos rá-rá-rá.

— Sim, eu mesma, senhora — respondi prontamente, segurando a risada.

O que tinham me dado? Eu estava meio louca? Será que apanhar faz isso com a gente?

— O que foi isso? Será que você pode me dizer o motivo dessa confusão toda no nosso cursinho? Isso nunca aconteceu antes... Ainda mais com meninas tão bonitas, inteligentes... A Mariane é a melhor da turma dela. Nunca vi essa menina perder o controle por nada... — E, então, esticando o pescoço de avestruz, ela completou: — O que você fez?

Olhei incrédula. O que *eu* fiz? Eu também queria saber, minha senhora.

— Até onde sei... Não fiz nada. Estava na fila para comprar um pão de queijo e ela veio me perguntar se eu era a "tal novata". Eu disse que não deveria ser a pessoa que ela procurava, me virei para fazer meu pedido e pronto, ela puxou meu cabelo e começou a me chutar. Foi isso.

Pisquei duas vezes, esperando um abraço de consolo. Nada. Um afago no cabelo? Vixe. Um olhar de piedade? Ah, vai, isso eu merecia. Nadinha. A avestruz continuava a me encarar com aqueles óculos. Seca. Sem expressar qualquer compaixão.

É. Essa mulher não foi com a minha cara, definitivamente.

— *Não existe isso*, Isabela... Ninguém bate em outra pessoa por *nenhum* motivo. Você pode me dizer o que fez. Não vou te julgar.

Ah, pronto. Então, além de ter tomado uma surra no meio do intervalo, eu ainda teria que provar para aquela avestruz coordenadora de colégio que eu não tinha feito nada, sendo que eu realmente não tinha feito nada? Eu ainda acredito nas pegadinhas dos programas de TV. Vamos lá, câmeras, onde estão vocês? Podem aparecer. Estou pronta para a fama. Já até treinei meus autógrafos.

— Mas eu realmente não fiz nada, senhora. — Dei de ombros.

Se ela quisesse acreditar, que acreditasse. Eu não gastaria minhas últimas forças com aquilo, até porque eu nem tinha mais forças. Minha maior vontade era de me afundar na cama e dormir até o ano que vem. Será que eles tinham me dado algum remédio para amenizar a dor? Hummm...

Ela continuou me encarando com um olhar desconfiado, indagador. Parecia mais uma detetive ou uma policial do que uma coordenadora.

— A Mariane alega que você deu em cima do namorado dela, o Cadu. Você conhece esse rapaz? — Com certeza essa era a pergunta que ela queria fazer desde o primeiro momento.

— Conheço, sim, ele é da minha sala e senta algumas carteiras atrás da minha. Mas não, eu nunca *dei em cima* dele. Somos só colegas de sala... Se isso é dar em cima de alguém, olha...

— Talvez alguém tenha contado alguma coisa pra Mariane... Tente se lembrar, Isabela — insistiu a avestruz.

Revirei os olhos tão fundo que quase não voltaram mais para o lugar. Sério isso? Essa mulher só podia estar de brincadeira com a minha cara. Eu mal conversava com o Cadu, o máximo de palavras que trocamos foi sobre algumas matérias, ah, e quando ele me disse: "Eu tenho namorada, você precisa conhecê-la um dia." Nada mais que isso. O menino era quieto e eu também. Nossa amizade funcionava assim. E caramba, era uma amizade! A-mi-za-de. Mulher e homem não podiam ser amigos caso o homem em questão tivesse uma namorada, é isso?

Em pleno século XXI, meus amigos. Por favor, né?

— Olha aqui, se você quiser me expulsar, suspender, sei lá o que vocês fazem nesse cursinho, vá em frente, sra. Avestruz... Quero dizer, Márcia. — Ela arregala os olhos, chocada com o que eu tinha dito, e finjo que não acabei de chamá-la de sra. Avestruz para conseguir continuar sem cair na gargalhada. — Eu acabei de tomar uma surra na frente de todo o colégio. Se antes eu já quase não tinha amigos, agora talvez eu nunca tenha. Todo mundo já está me olhando torto. Não vou ficar aqui justificando o que não tem justificativa. Se você acha que eu fiz seja lá o que você esteja achando, então sim, eu fiz. De que adianta te dizer o contrário, se você está decidida a acreditar na palavra dessa tal de Mariane? O que você quer que eu diga? Que eu provoquei a ruivinha maluca e disse que o namorado dela beijava superbem, é isso? Então vá em frente. Faça o que tiver que fazer. Eu estou cansada... Queria dormir um pouco... Talvez, se a senhora me expulsar, eu possa ir para casa descansar na minha cama... Essa maca é muito dura. Vocês podiam investir um pouco do dinheiro da mensalidade em macas melhores... Ou em coordenadoras melhores... Você é muito chata, sério mesmo... Se puder me dar licença... Você tá piorando a dor da minha cabeça e tá me deixando sem ar. Eu queria respirar um pouco... Por favor... Pode sair?

Ok. Definitivamente eles deviam ter me dado algum analgésico assim que cheguei na enfermaria, porque eu estava sem limite algum. Mas também pudera, né?! Que absurdo era aquele que estava acontecendo comigo? Seria a vida uma eterna pegadinha que nunca tem o "corta"? Temos que aprender a lidar com situações bizarramente ridículas e seguir em frente?

Em silêncio, ela obedeceu ao meu pedido, se levantou ajeitando o casaco e saiu da enfermaria me deixando sozinha mais uma vez.

Eu devia estar com medo, mas a verdade é que eu não estava *nem aí*.

Olhei para a janela suja da enfermaria e pensei em uma avestruz. Ela estava com raiva e me interrogava até eu admitir ter cometido um crime. Estávamos em um tribunal e assim que ela conseguiu arrancar de mim uma confissão, vários patos e galinhas armadas entraram para me algemar. Eu tentava falar a língua deles, mas tudo que eles falavam era "quá quá" e "có có".

A enfermaria começou a rodar, e acho que dormi.

É. Definitivamente, eu dormi.

Acordei algumas horas depois no meu quarto, com a minha mãe sentada na poltrona ao lado da minha cama, preocupada, falando no telefone com alguém.

— É, Paulo! Ela foi *expulsa* do cursinho, acredita? Me ligaram do Alternativa e eu fui lá buscá-la! Chegando lá, encontrei nossa filha apagada, em um estado deplorável... Quase chorei. Tá aqui toda machucada, bateram muito nela... — Poxa vida.

Quando parariam de falar que eu estava toda machucada? Eu não estava toda machucada. Foi só a boca. Relaxa, galera. Tô vivona. — Não entendi direito. A coordenadora parecia estar muito contrariada... Disse que a Isabela a xingou... Pois, é. — Ela fez uma pausa para escutar meu pai. — Não é do feitio dela xingar ninguém. Muito menos dizer que não está nem aí se for expulsa. Concordo totalmente. — Ela para mais uma vez. — Eles com certeza estão mentindo, também acho. — Ela olha para mim e me dá um sorriso ao perceber que acordei. — Ela acabou de acordar, meu bem. Quando você chegar em casa a gente se fala, tá? Vou conversar com ela. — Meu pai fala algo ao telefone, que não consigo ouvir. — Tá bem, pode deixar. Vou falar. Beijo. — Então minha mãe desliga.

Ela continuou sorrindo, sentou ao meu lado na cama, passou as mãos nos meus cabelos, me deu um beijo na testa e disparou:

— Pode ir me contando o que aconteceu hoje... Ninguém tem o direito de fazer isso com a minha filha.

E eu contei tudo, tudinho.

Desde o primeiro dia de aula, até o dia de hoje, que ficaria conhecido depois como "o dia do pão de queijo".

Meus pais sempre foram meus melhores amigos, com eles, não tenho medo de dizer nada, muito menos medo de ser quem eu sou. Na verdade, eles são uma das poucas e únicas pessoas com quem consigo ser 100% eu mesma. Sei que se eu estiver errada, eles vão ser os primeiros a apontar minhas falhas, mas com carinho e me ajudando a corrigi-las. Assim como sei que se eu estiver sendo injustiçada, eles também serão os primeiros a me defender com unhas e dentes, e o que mais for preciso.

Depois que acabei meu relato, minha mãe ficou possessa de raiva. Nunca vi essa mulher daquele jeito. Ela que sempre foi tão contida, tão certinha, tão educada... Vi minha mãe falar um palavrão, dois, três, ligar para a coordenadora-avestruz e falar mais dez.

Vi essa mulher fazer a coordenadora chorar do outro lado da linha e pedir pelo amor de todos os santos e as entidades existentes nesse mundo (e nos outros) para que minha mãe não a processasse ou processasse o colégio. Tentei acalmá-la, mas quando vi que seria impossível, me calei no meu cantinho e assisti àquela cena tão única na vida: minha mãe perdendo o controle.

Minha mãe falou com advogado, juiz, promotor, com a coordenadora, a professora, com o moço da cantina, com a mãe da tal Mariane... Ela só não falou com um padre porque, com certeza, ele tentaria exorcizá-la no estado em que se encontrava.

No fim dessa confusão toda, não fizemos nada. Não foi por falta de vontade da minha mãe, acredite, ela queria muito "meter um processo nas pessoas que fizeram minha filha sofrer e ser humilhada".

Foi por falta de vontade minha mesmo.

Eu realmente não gosto de briga, e prolongar uma briga daquelas só me traria mais dor de cabeça. Pedi para que minha mãe "deixasse isso pra lá" e me colocasse em um novo colégio.

De novo.

E assim ela fez. Escolhi outro colégio da minha cidade, fizemos a matrícula e, na semana seguinte, eu já estava em uma nova sala de aula.

Não vou dizer que "dei a volta por cima", porque eu não dei.

Como já disse anteriormente, é muito difícil escutar coisas ruins sobre quem nós somos e não deixar que isso nos afete. O que aconteceu, apesar de saber que eu não tinha culpa alguma, mexeu comigo de uma forma negativa e sem explicação.

Fiquei me sentindo culpada por ter mudado de colégio no meio do ano.

Fiquei me sentindo culpada por ter feito amizade com o Cadu, mesmo que não tivesse problema nenhum nisso.

Fiquei me sentindo culpada por ter apanhado, mesmo que eu não tivesse feito nada para que isso acontecesse.

Fiquei me sentindo culpada por ter sido expulsa, mesmo que eu não tivesse merecido.

Me senti culpada até por fazer meus pais passarem por uma situação daquelas, mesmo que no meu interior eu tivesse a plena noção de que foi algo que não havia sido provocado por mim.

É difícil pra caramba não se culpar, viu? Repassei a cena mil vezes na minha cabeça e em todas eu mudava minhas ações para que isso tudo nunca tivesse acontecido. No entanto, por mais que você queira, é impossível mudar o passado. E o passado afeta quem somos no presente, então, por causa de tudo o que aconteceu, acabei me fechando muito quando comecei a estudar no novo colégio. Tipo, *muito mesmo*.

Fiquei oito meses "só existindo" na nova escola. Eu parecia um fantasma, sério mesmo. Ia para as aulas, assistia a tudo quieta no meu canto, se perdia algo da matéria não perguntava a nenhum colega, pois eu só conversava com os professores. Comia meu pão de queijo sozinha no intervalo enquanto lia um livro ou ouvia música. E sempre, sempre mesmo, desconversava quando alguém tentava puxar muito papo comigo. Não sei o que aconteceu. Fiquei travada. Não sei se era medo, receio, ou até estresse pós-traumático. Mas alguma coisa me impediu de ter contato com as outras pessoas, pois tudo acabava me lembrando daquele dia.

E, de certa forma, eu me sentia mal por tudo o que havia acontecido.

Mais uma vez, lá estava eu, me sentindo mal por uma atitude vinda de outra pessoa. Eu não podia cair nessa novamente. O que as pessoas fazem, ou dizem, é problema delas. Não podemos nos deixar afetar por atitudes de terceiros.

É fácil falar, ô, se é. Na prática, já não é tão fácil assim.

Quando percebi que estava me afundando (mais uma vez) nas peças que nossa mente nos prega, juntei toda a minha força restante e segurei bem forte na roda do leme do barco. Eu ia retomar o controle da situação. Colocaria tudo nos eixos mais uma vez. Afinal, eu não poderia deixar tudo que havia construído simplesmente afundar por causa de algo que outra pessoa fez.

Peraí, né?

Eu em primeiro lugar, sempre. *Esse é o lema, Isabela*. Você consegue.

Me lembro de respirar fundo e prometer para mim mesma que, aos poucos, eu sairia da minha casca novamente. Mesmo que doesse, mesmo que fosse difícil, mesmo que aqui dentro fosse, apesar de tudo, bem mais confortável.

Eu precisava fazer isso por mim e pela minha saúde mental.

Algo que ninguém conta para a gente sobre a vida: ninguém pode fazer nada por você mais do que você mesmo.

As pessoas ao nosso redor podem ajudar, incentivar, dizer palavras lindas, mas a única pessoa capaz de mudar a sua história é você. Assim como eu fui responsável por me enfiar nesse buraco dentro da minha mente, eu era a única pessoa capaz de me tirar dali.

Muitos dos problemas começam a se resolver quando você os admite em voz alta. Já notou isso? Às vezes, temos um problema, mas passamos um bom tempo o negando. Evitando o problema. Fingindo que ele não existe. Dizendo que está tudo bem. Que vai passar. Que é apenas uma fase... E quando você se dá conta, lá se foram dias, semanas, meses de promessas e muitos "depois a gente resolve isso".

Se você tem um problema, interno ou externo, o primeiro passo para resolvê-lo é admitir para si mesmo que você tem esse problema. Quando você admite, faz com que o problema se torne real e palpável, digno de solução.

Sei que demorei meses para admitir a mim mesma que eu estava com um problema. Não há nada que justifique uma pessoa de dezessete anos querer se isolar e não ter convívio algum com outras pessoas, sabe? Não havia nada de errado comigo e eu não tinha que me afastar da sociedade "por um bem maior". Eu não era uma pessoa ruim, mesmo que minha mente às vezes insistisse que sim. Eu lutei contra essa voz que me puxava pra baixo. Com todas as minhas forças. Pra valer.

Aos poucos fui driblando meus bloqueios. Até que, certa vez, eu desejei bom-dia para a garota da cadeira ao lado. Três dias depois, pedi um lápis emprestado. Na semana seguinte, fiz meu primeiro trabalho em dupla, realmente em dupla. Em seguida, no começo do mês, saí com meus colegas de sala para um bar. Dois meses depois, chamei uma amiga para estudar comigo lá em casa. E então ela me chamou para o aniversário dela. E, de pouquinho em pouquinho, me forcei a ser quem eu sempre fui. Aos poucos percebi que as pessoas gostavam de mim e que não fazia sentido algum me fechar no meu próprio mundo. Compartilhar o mundo com outras pessoas é lindo demais. Relações humanas são complicadas, mas são mágicas quando são sinceras.

Aquela menina alegre, feliz, que adora bater um papo com quem quer que seja, estava de volta. Fiz novas amizades, deixei o passado no passado e dele só tirei lições importantes:

1. Não devemos nos definir por ações praticadas por terceiros;
2. Um acontecimento traumático do passado não pode definir o seu futuro;
3. Você é o que faz, e não o que fazem com você;

4. Nossa mente é nossa maior amiga, mas também nossa maior inimiga. Depende de quem você vai escolher escutar;
5. Ande sempre de rabo de cavalo, para o caso de alguém resolver puxar o seu cabelo numa briga.

   Rá-rá.

Quantas pessoas entraram na sua vida só para fazerem você se sentir insuficiente? Pequenininha?

CAPÍTULO 5
Eu não sinto muito por sentir tanto

— Amor, você aceita mais uma taça de champanhe? — perguntou Gustavo, me abraçando por trás.

Ele deu um beijo no meu pescoço que me arrepiou toda. Estava me oferecendo mais um pouco do espumante cor-de-rosa que eu estava tomando.

Retribuí o beijo, sorri e respondi que sim. Amor. Ele me chamou de amor. *Tá. Respira fundo, Isabela. Vai dar tudo certo.* Olhei para os lados tentando assimilar o que estava acontecendo na minha vida...

Sábado de sol. Estávamos na mansão de um dos tios do Gustavo, o Nico Ferreira, dono da maior construtora de Juiz de Fora, e consequentemente dono da maioria dos empreendimentos imobiliários da cidade. O cara literalmente cagava dinheiro, pelo menos, era isso que eu achava. Juro que, quando fui ao banheiro, tive que conferir se não eram notas de dólares no lugar do papel higiênico, porque, olha, até os talheres eram de ouro. Ou pareciam ser feitos de ouro, sei lá. Mas, para minha decepção, o papel higiênico não tinha nada de diferente.

Já o banheiro, nossa, o banheiro... Só para deixar claro: nem parecia um banheiro. O ambiente era imaculado, eu diria que era quase esterilizado. Nada fora do lugar, absolutamente NA-DA. Nem o sabonete estava usado. Quase pedi desculpas ao vaso sanitário por fazer xixi nele. Quando fui lavar as mãos, me perguntei como ousei usar aquele sabonete tão perfeito e intacto... Desculpa, Gus, foi necessário. Será que aquele povo rico não fazia as necessidades básicas? Ou será que tinham tantos banheiros que aquele era esquecido?

Preciso falar também do tanto de funcionários trabalhando na mansão do "tio Nico". Em meia hora pude notar uns sete funcionários trabalhando na mansão, sério mesmo. Isso porque era sábado! Uau! Se depois de formada eu ficar desempregada, já sei onde procurar um emprego.

Vai contando comigo: duas moças que ficavam responsáveis pela cozinha, além de uma mulher linda, toda maquiada, que andava atrás da mulher do Nico Ferreira. Eu fiquei muito curiosa, porque tinha quase certeza de que ela era maquiadora e andava atrás da dona Mônica apenas para retocá-la de meia em meia hora, se é que isso era possível. Tinha um cara fazendo os drinques e mais um para servir, um motorista que ficava de longe nos observando de óculos escuros, afinal, nunca se sabe quando você vai precisar de uma carona (gente chique é outro nível), e uma moça bem novinha e bonita que o Gustavo me disse que era paga só para brincar com os cachorros do tio dele. Achei chique. Esse é o tipo de profissão que eu queria. Ganhar dinheiro para brincar com cachorrinhos fofinhos. Vidão, viu? Vou mandar meu currículo com certeza.

A propriedade ocupava um quarteirão inteiro do melhor condomínio residencial de Juiz de Fora. O Flores do Imperador. Desconfio de que aquele terreno devesse ter mais de três mil metros quadrados. Só o jardim parecia um campo de futebol. Eu poderia abrigar todas as gerações da minha família lá. Será que tinha emprego para todo mundo?

No mais, eles eram bem família de novela mesmo. Ricos, felizes, mil funcionários à disposição, com talheres de ouro, mesas postas com um monte de comida que mais parecia comida fake, coisa e tal. Nem uma coxinha. Nem *uminha*. Churrasco? Picanha? Passou longe. Eu juro que tentei até comer um salgadinho que eu acreditei ser uma empadinha, mas senti o gosto de damasco com banana amargar na garganta. Credo. Quem faz salgadinho de damasco com banana? Tipo, sério?

Claro.

Não posso deixar de citar o momento em que fui apresentada à família.

A família do Gustavo, apesar de muito agradável, era também um pouco intimidadora. Assim que cheguei de mãos dadas com ele (mãos dadas, *uau!*), me sentei à mesa com toda a família e peguei minha própria taça de champanhe (o moço que servia parecia estar à minha espera, não demorou nem dois segundos para trazer a minha taça, juro).

Logo começaram as perguntas... *Afinal, quem era Isabela Freitas? Quem era essa bela moça que havia domado o coração do nosso pupilo, Gustavo? Ela foi a garota que você protegeu naquela festa? Nosso Gustavo nunca gostou de injustiças.*

Não os culpei, a curiosidade era normal. Afinal, estávamos apenas a algumas semanas juntos e só naquele meio-tempo: 1) Gustavo bateu no meu ex-ficante a ponto de o cara ter que ir para o hospital tomar uns pontos na testa, 2) contou para os pais dele sobre mim e, pelo que pude perceber, me elogiou pra caramba, 3) me convidou para um almoço de família onde só tinham pessoas, da... adivinha?! Família!, 4) Meu Deus, será que estávamos namorando?!?!, 5) eu estava bebendo champanhe. Champanhe. Eu. Eu *odiava* champanhe. Mas o que a gente não faz para agradar a família do possível futuro namorado, né?

— Quem são seus pais? Será que a gente conhece? Fala o sobrenome...

E eu disse, com muito orgulho:

— Freitas. Mas acho que vocês não conhecem, não... Na verdade, nem somos de Juiz de Fora. Meus pais vieram de uma cidadezinha bem pequenininha chamada Recreio, não Recreio dos Bandeirantes, o bairro do Rio de Janeiro, é o Recreio de Minas Gerais mesmo. Meu pai é filho do Guaraci do Pastel, e minha mãe filha do "Sô Athaydes"

Eles piscaram, incrédulos. Não sei se pelo fato de não conhecerem nada do que eu falei ou por eu ser uma zé-ninguém que não tem nada de renomado do que se gabar. Coitados, mal sabem eles que o pastel do meu avô é simplesmente o melhor pastel da cidade.

— Quem é Guaraci do Pastel? Sô Athaydes? Aquele rico com muitas fazendas perto de Matias Barbosa?

— Não... Meu avô só tem uma hortinha mesmo. Para cultivar os legumes que ele mesmo come e coisa e tal. Acho que vocês não conhecem mesmo...

— Freitas? Você é prima da Andreia Freitas? Aquela advogada famosa de Juiz de Fora?

— Também não... Nem a conheço... A gente é de Recreio mesmo, moço. Acho que vocês não conhecem.

— Eu já conheci um Guaraci uma vez, você lembra, Nico? O cara era fabricante de charutos. Uma família da pesada. Bons tempos...

— Não... Esse também não é o meu avô. Sinto muito.

Só sei que depois de muita insistência em associar de qualquer maneira minha família com os ricos e poderosos de Juiz de Fora e *do mundo inteiro*, acho que eles entenderam que nós não tínhamos nada a ver com a realeza. Éramos completos desconhecidos. Não que isso me fizesse sentir menor ou algo do tipo, porque eu não trocaria minha família e minhas raízes por dinheiro nenhum! Mas eu sabia que estava sendo julgada.

Ah, estava.

Afinal, o que passava pela cabeça deles também passava um pouco pela minha. Gustavo poderia namorar *qualquer garota*. Tipo, qualquer uma *mesmo*. Digo isso porque em todos os lugares a que vamos juntos as mulheres não conseguem evitar de encará-lo com olhares apaixonados.

Ele *é* apaixonante.

Sei disso.

Gustavo tinha os cabelos castanhos que mantinha num topete perfeito, olhos cor de mel, porte físico de quem passa pelo menos umas três horas por dia na academia. Além de tudo isso, era cortês, diplomático e *muuuito* simpático. Parecia ter um feitiço em volta dele. Se Gustavo queria alguma coisa, bastava algumas palavras... E pronto. Era dele.

Deve ser coisa do signo de Libra. Vai saber. Ou é o jeito cativante dele mesmo... "Ai, mas ele é tão educado, né?", "Uma graça seu namorado, parabéns Isabela...", "Ai, ai, não dou uma sorte dessas...", esses são o tipo de coisa que escutei após levá-lo comigo para fazer unha no salão que eu frequento. Ele entrou como um completo desconhecido e saiu de lá como o rei da mulherada.

Sem brincadeira.

Até manicure grátis as mulheres ofereceram caso ele voltasse lá comigo.

Eu só me pergunto por que, dentre tantas opções, ele resolveu me escolher... Logo euzinha. Será que eu era merecedora de tanto? Hummm. Eu ajudei algumas velhinhas a atravessar a rua, verdade. E também rezo todos os dias pro meu anjo da guarda. Isso deve valer de algo. E já sofri bastante com outros homens, né? Convenhamos. Bem que dizem que no final do arco-íris tem um pote de ouro. Será que eu finalmente havia encontrado o meu?

Ai, ai.

Mas o maior juiz de toda aquela conversa definitivamente tinha sido Melina, prima do Gustavo.

Quando cheguei à mansão de mãos dadas com o Gus, ela me olhou dos pés à cabeça. Tirou até os óculos escuros lentamente para poder me observar melhor.

Não que tivesse muita coisa para ela olhar, sinceramente. Eu estava com um vestidinho preto básico, que você encontra em qualquer lojinha por aí, uma meia fio 80, pois estávamos no inverno e eu sentia muito frio nas pernas, e uma bota que comprei no verão de 2011 na promoção da Renner. Nada de Gucci. Nem Louis Vuitton. Prada? Nunca nem vi. Joias? Rá-rá. Só bijuterias. Aquelas de lata mesmo, que nem para enganar servem.

Eu era mesmo uma decepção para a minha cunhadinha que usava grife da cabeça aos pés e, desconfio, até nas partes mais íntimas. Ela fez uma cara de nojo para mim e eu retribuí alegremente com um sorriso.

Fazer o quê?

Se tá incomodada com minhas roupinhas de liquidação, me dá uma roupa de marca que esteja envelhecendo no seu closet, bebê. Enquanto isso não acontecer, vou continuar usando minhas roupas lindas e baratas, que passo horas garimpando para comprar no melhor preço.

Com muito orgulho e horas na fila, viu?

— Não liga pra minha prima... Ela é meio... *ciumenta* — disse Gustavo, meio sem graça, quando viu a cena se desenrolando.

Assim que chegamos na parte da casa em que o coquetel era servido, Melina se levantou de onde estava, disse que estava se sentindo indisposta e se retirou para algum dos 49 cômodos da casa.

Só sei que ela simplesmente abandonou o recinto quando eu cheguei. Desse jeito mesmo, sem exagero algum. Se tiver uma definição de climão no dicionário, aquela cena, com certeza, seria parte dela.

— Relaxa, Gus. Tá tudo bem.

E estava mesmo. Se ela se incomodava com as roupas de alguém, o problema não estava em mim, estava nela, né? Eu, pelo menos, nunca vi um vestido atacar alguém.

Mais tarde quando fui novamente ao banheiro, dei de cara com Melina na porta, bloqueando a entrada. Ela olhou para os dois lados, furtivamente, como se estivesse se escondendo de alguém. Então me encarou, e senti naquele momento que ela não me odiava. Muito menos se importava com a minha roupa.

Ela queria me falar alguma coisa.

— Se eu fosse você, ficaria longe do Gustavo — sussurra ela.

Aff. Ela era mesmo ciumenta. Eu entendo, entendo mesmo. Meu irmão tinha ciúmes de mim às vezes. E não esqueço da primeira vez que vi Bernardo beijar uma menina na minha frente. Eu quis morrer. Quem era ela para beijar meu irmão assim? Mas isso é uma fase. Passa, né? Queremos a felicidade daqueles que amamos.

— Relaxa, Mel. Tá tudo bem. — Dou um tapinha nos ombros dela.

— É sério... Você não conhece meu primo... — continua ela, olhando para todos os lados. Será que eles tinham câmeras ali?

— Pelo pouco que conheço, gosto muito dele. Ele me faz bem. — Dei meu melhor sorriso, e, pela cara dela, Melina não estava entendendo bulhufas do que eu estava falando. — Mas claro, não conheço ele como *você*... Um dia acho que conhecerei. Espero... — finalizo com uma piscadela camarada que sempre amenizava climões.

Ela revira os olhos e me olha com impaciência. Melina tinha olhos cor de mel e os cabelos tingidos de loiro platinado, quase brancos. Ela era linda.

— Você vai se arrepender de conhecê-lo da forma que eu conheço. Te garanto.

E, dizendo isso, ela se vira como se nunca tivesse me visto ali. Então sobe as escadas que, presumo, devem levar aos quartos.

O que havia acabado de acontecer aqui?

Todo sábado, os familiares do Gustavo se reuniam na casa de alguém da família para almoçar. Era uma tradição. Assim, eles se encontravam todas as semanas e um podia opinar na vida do outro, porque é isso que famílias fazem, né? Naquela semana em específico, o almoço foi oferecido pelo tio Nico, na semana seguinte, seria a vez do pai do Gustavo, Douglas Ferreira, e na outra, a tia Nicole... Eles pareciam uma família bem unida. Talvez muito ligada à aparência, mas ninguém é perfeito. Normal. Na minha família, meus tios brigavam para ver quem ia ficar com a última cerveja do freezer, e na do Gustavo eles brigavam se alguém tirasse foto sem que todos os integrantes da família estivessem presentes. *O que vão pensar de nós? Postando foto sem a tia Nicole? Esperem até ela chegar! Por favor!*

Realmente, a tia Nicole não estar presente na foto de família seria motivo de chacota nacional. Fariam placas, passeatas, reivindicariam isso nas ruas. "Cadê a tia Nicole?", "Família perfeita? Sem a tia Nicole? Acho que não".

Brincadeiras à parte, eu até que gostei deles.

Mandy, minha melhor amiga, havia feito tanto terrorismo sobre o dia em que eu conheceria a família do Gustavo que eu estava esperando encontrar a própria família do Drácula. Sombria e ameaçadora.

Tirando a parte em que Melina havia me encurralado perto do banheiro, até que estava tudo bem.

Nada de dentes pontudos ou sangue na geladeira.

Parecia seguro.

É. Seguro.

O que dizer do fato de eu e Gustavo, ficando apenas há duas semanas, já estarmos dando o grande passo de ele me apresentar à família? O que dizer do momento em que ele me chamou de... PARA TUDO.

Amor!

O que dizer do fato de ele ter dito ao pai que sou a mulher da vida dele?

Não vou negar que isso ter acontecido tão de repente me incomodou, porque olha, me incomodou, sim. É óbvio que me sinto um pouco sufocada, com vontade de sair correndo, gritando: "AMOR?! AMOR?! MAS A GENTE NEM SE CONHECE DIREITO, CARA. Mulher da sua vida? DA SUA VIDA? Mas você só me conhece há duas semanas. Você nem me viu de cabelo oleoso ainda. Nunca me beijou com bafo matinal, pois eu masco chiclete todos os dias antes da aula pra poder te beijar com sabor de menta. Você também nunca me viu perdendo o controle, eu fico bem doidinha. Surto mesmo. Odeio perder o controle de alguma coisa ou de alguma situação. Você nunca me viu com o cabelo embaraçado no domingo só porque estou com preguiça demais para pentear. Mulher da sua vida? Ai. Vida é tempo demais, não acha? Não posso ser a mulher do seu ano? Olha que legal. Bem mais interessante, mais plausível..."

Por outro lado, a jovem romântica dentro de mim retruca: *Ah, o que que tem ele te chamar de amor? É fofo, vai. Melhor do que te chamar de vagabunda, igual àquele idiota do Fábio. Tão difícil achar caras que queiram namorar hoje em dia. Que queiram te tratar bem. Levar a sério. Apresentar à família. A maioria só quer curtir e tchau... Deixa de ser chata. É por isso que tá aí solteira. Vê defeito em tudo.*

E tenho que concordar, eu realmente vejo defeito em tudo. Não que seja algo controlável. Porque olha, não consigo me controlar *mesmo*.

Minha mente funciona assim: se estou com alguém que não quer nem me dar a mão no meio da rua, *nossa, que insensível*. Se o cara me chama de amor da vida dele, *nossa, que cara louco*. E entre insensível ou louco apaixonado, eu tenho optado pelo louco. Até porque seria preciso muita força de vontade para não se apaixonar loucamente pelo Gustavo.

Sério.

Eu estava me segurando para não dizer "eu aceito casar com você e ter três filhos" depois de cada beijo demorado. Mesmo que eu não tenha o sonho de me casar com alguém ou ter filhos.

O Gustavo provocou isso em mim.

Não sei explicar.

Gustavo Ferreira era mesmo aquele tipo de cara com quem você não se importa em acelerar as coisas. Não sei se eram os cabelos castanhos, queimados de sol, ou os olhos também castanhos, amendoados. As mãos eram lisas, o toque aveludado. O hálito adocicado. A voz áspera que me arrepiava... Pode ser também o sorriso com os dentes branquinhos, alinhados perfeitamente. Uma boa filha de dentista sempre se apaixona pelo sorriso perfeito. Ou pode ser o perfume inebriante que amorteceu meus músculos e me fez ter vontade de morar no abraço dele. Ou será o cheiro de amaciante nas roupas dele, sempre tão limpas e bem-passadas...

O jeito que ele me tratava... Ah, ninguém nunca havia me tratado assim *na vida*.

Como se eu fosse uma princesa, alguém a ser cuidada, admirada, amada.

Era muito bom se sentir assim depois de conhecer tanta gente merda por aí.

O Fábio que o diga.

Porque algumas pessoas parecem que passam pela nossa vida só para destruir nosso psicológico e a nossa autoestima...

Quantas pessoas você já deixou entrar na sua vida só para elas fazerem você se sentir insuficiente? Pequenininha? Alguém indigna de receber amor?

No início do relacionamento, você até se questiona: *Ei, por que ele me trata assim? Com tanta indiferença... Ninguém nunca me tratou assim antes. Isso vai mudar. Eu vou falar com ele. Vou mostrar que eu sou digna de um tratamento melhor. Vou, sim. E ele vai me valorizar. Ele vai perceber o mulherão que tem do lado e isso vai mudar.*

Mas eles sempre têm as respostas prontas.

Ah, têm.

Claro que têm.

Não estou pronto para um relacionamento.

Não quero namorar agora, mas quando eu quiser, vai ser com você, pode ter certeza. Você é única, sabia disso? A mulher da minha vida. É por isso que não quero te assumir agora. Só depois... Quando eu estiver mais preparado para te dar amor como você merece...

Por favor, me espera só mais um pouquinho.
Faz isso por mim.
Você sabe que eu te amo...
Como você pode duvidar do meu amor? É tão claro...
E aí você acredita nessa história da carochinha.

Realmente, você acha que o timing de vocês não bateu e que você é a pessoa certa no momento errado. Então você decide esperar pelo momento certo. Pacientemente. Você para toda a sua vida para que nada saia do eixo, para que esse momento certo chegue logo. Você tenta impressionar de todos os jeitos, se veste da melhor forma, tenta ser sua melhor versão, conquistá-lo de todas as formas. Ele *precisa* se apaixonar por você perdidamente.

A ponto de querer largar a vida de solteiro.

A ponto de achar que *agora, sim*, é o momento certo.

A ponto de achar que está preparado para dar *todo o amor* que você merece.

Você tenta cabelo curto, cabelo longo, rabo de cavalo. Você é a princesa indefesa, a bruxa má, a mocinha que vai para a guerra. Você dá seus melhores sorrisos, os beijos mais lentos e os abraços mais quentes. Mas nada disso é suficiente. Nunca é. Parece que o momento certo está logo ali, mas ele nunca chega. Você quase o alcança, mas ainda falta mais um pouco.

Só mais um pouco...

Você pensa em desistir, mas já lutou por tanto tempo...

E vale um pouco mais de luta? Você é forte, vamos lá. Então você tenta mais um pouco. Usa roupas pretas, coloridas, provocantes. Mostra que é uma boa amiga, uma boa mulher, uma boa companhia. Você está lá nos momentos bons, mas também nos ruins. É você que ele leva para o enterro do tio-avô com quem ele nem conversava, é você que ele chama quando não tem nenhuma acompanhante para a festa da empresa. Você cuida do cachorro dele como se fosse seu, e até faxina o apartamento bagunçado dele. Você prepara um jantar a dois na segunda-feira e espera por um convite na sexta, que nunca vem.

Mas *ainda* não é o momento certo.

Claro que não.

Ele não te apresenta para os amigos ou para a família. Não que ele tenha vergonha de você, *jamais*, claro que não! Você é incrível! Ele ama você. *Mas o que as pessoas vão pensar que somos? Como vamos explicar?* Como explicar que eu lavo suas cuecas e durmo abraçada com você todas as noites, mas nós não somos sequer "ficantes" oficialmente? Como explicar que eu estou do seu lado como um fantasma que não pode ser visto nem ouvido por mais ninguém, só por você?

E, sem perceber, você vai se diminuindo para caber naquele espaço tão pequenininho destinado a você. Você se espreme toda, retira algumas peças, tenta se encaixar. Você tem tanta confiança que, um dia, as coisas vão se acertar que não se importa em se quebrar um pouquinho. Com isso, o sentimento de insuficiência começa a bater na sua porta... Está preso na garganta, como se alguém tivesse te obrigado a engolir uma corda e ela tivesse ficado ali, agarrada. Doendo. Incomodando. Você repassa todas suas atitudes dezenas de vezes na sua mente, tentando descobrir onde errou. O que você deixou de fazer. O que não mostrou. O que não provou...

Sem ao menos se dar conta de que você é incrível demais, cara.

Você deu tudo de si para alguém que não tem como segurar o mulherão que você é. Simples assim.

Você não tem culpa se a outra pessoa não consegue enxergar o seu valor. Tampouco tem culpa por ter confiado em alguém que só mentiu para você e, talvez, até para si mesmo...

O problema é que muitas vezes permanecemos meses, até anos, do lado de pessoas assim. Que nos mantêm reféns de suas palavras.

Mas palavras não se sustentam sem atitudes que as confirmem.

De nada adianta dizer que ama se você não tem atitudes de uma pessoa que ama. Quem ama quer gritar seu sentimento para os quatro cantos do mundo, e que se dane se a inveja tem sono leve. Quem ama quer apresentar para os amigos, para a família, para o cachorro, para o papagaio, para o moço que te atende de manhã na padaria. Quem ama não consegue esconder, não consegue esperar e, por isso, não espera o momento certo... Porque não existe momento certo para amar. Qualquer momento se torna o certo quando se trata de amor.

As atitudes falam muito mais do que as palavras.

Desconfie de pessoas que só falam, falam, falam, e suas atitudes nunca confirmam suas palavras.

E isso não é só em relação ao amor, não. Mas também em relação às amizades, relações familiares... Quantas vezes você não teve um amigo que se dizia seu amigo, mas as atitudes revelaram o contrário?

Amigo que coloca o outro para baixo?

Espalha para todo mundo um segredo seu?

Te abandona quando você mais precisa?

Ah, me desculpa. Você sabe que eu sou seu amigo... Eu te amo. Me desculpa mesmo. Não foi a minha intenção dizer pra todo mundo que você traiu seu namorado na festa junina do colégio. Me desculpa por estar ausente. Você sabe, sou seu amigo. Te amo de verdade. Vacilei. Não vou vacilar mais. Poxa. Vacilei de novo. Mas é a última vez, eu juro. Você sabe... Sou seu amigo.

Quantos vacilos são necessários para a gente perceber que não se tratam de "vacilos", e sim de alguém que não tá nem aí se vai machucar o outro?

Quantas atitudes são necessárias para superar as palavras que iludem?

Observe as atitudes.

Sei que palavras bonitas conquistam e têm a capacidade de nos tirar do chão, mas são as atitudes que mostram quem a pessoa verdadeiramente é e o que é capaz de fazer.

E nem sempre as atitudes condizem com o que é dito.

Lembre-se sempre: não se diminua para caber no universo pequeno de alguém.

Você é o que você faz, não o que fala.

— Isa? Tá aí?

Gustavo se aconchega ao meu lado na rede que ficava na enorme varanda de pedra que cercava toda a casa, de frente para a piscina. O visual era lindo. Dava para ver toda Juiz de Fora do condomínio Flores do Imperador, pois ficava relativamente alto, se comparado ao restante da cidade. Senti o corpo quente de Gustavo vir ao encontro do meu e dei um suspiro. Uau. Ele malhava. Mais essa.

— No que você está pensando, meu amor?

Em como a vista aqui é linda. No almoço, que apesar de ter sido strogonoff — uma comida que todos gostam —, aquele strogonoff em específico tinha um gosto forte de conhaque, e eu fiquei me perguntando por que pessoas chiques acrescentavam conhaque em tudo. No champanhe cor-de-rosa, que talvez eu tenha tomado algumas taças a mais e que agora faziam minha cabeça girar. Em como você é cheiroso. No seu corpo colado no meu. Também me passou pela cabeça que eu deveria voltar a malhar para você conseguir sentir meus músculos quando encostar em mim, da mesma forma que eu sinto os seus. Em como estou feliz por estar me entregando a um relacionamento que eu não faço a mínima ideia se vai dar certo ou não. Na imagem do Fábio em uma maca de hospital, todo machucado, mesmo que ele *só* tenha tido um corte na testa e recebido alta no dia seguinte. A imagem dele todo machucado ainda aparecia na minha mente às vezes. Junto com as palavras que ele me disse. Mesmo que algumas ofensas não nos atinjam por completo, pois sabemos que são *mentiras* e que somos muito mais do que isso, é inevitável não relembrar vez ou outra. Pensei na Mandy dizendo que a sua família é uma família de vampiros, e em como eu teria o prazer de esfregar na cara dela que vocês eram normais, apesar de comer strogonoff com conhaque e beber champanhe rosa. Pensei no Pedro e em como eu contaria que tinha vindo na casa do seu tio conhecer a sua família e que me deitei de conchinha com você em uma rede, observando a cidade, calada, num sábado à tarde. Talvez ele não aprovasse nem um pouco o nosso relacionamento, mas eu precisaria reverter isso, afinal, ele era meu melhor amigo.

Pensei em como são poucos os momentos em que nos sentimos em completa paz, em completa harmonia... Momentos felizes. Aqueles momentos que se tornarão memórias tão acolhedoras, que serão lembradas com um sorriso sincero.

Pensei em como a gente reclama da vida, sofre, chora, esperneia, mas quando encontra algo bom, simplesmente não sabe o que fazer.

Trava.

Desconfia do destino.

Se belisca para ver se não está sonhando.

Como é que faz? Se apega, sim? Agarra? Se joga de cabeça? Vai até o fim?

Não consigo deixar de pensar que, se eu vivesse na época da minha avó, as coisas seriam bem mais fáceis. Juro. Eu seria apresentada para a sociedade, conheceria o homem da minha vida (que provavelmente moraria na casa ao lado e já seria meu amigo de infância) e estaríamos predestinados a sermos felizes para sempre correndo por campos esverdeados. Eu não teria medo algum de me entregar pra ele, qual é?, estaríamos no século passado. Ele também se entregaria a mim. Seria meio que uma *obrigação*. Sem isso de geração do desinteresse. Sem joguinhos. Sem medo de se decepcionar. Sem ansiedade para saber se ele está on-line para conversar com você ou para dar em cima de mais outras duas. Sem o arrependimento de dizer o que você sente e ter seus sentimentos esmagados pelas expectativas não cumpridas.

Sem *MEDO*.

Sabe por que temos medo quando conhecemos alguém que balança o nosso coração e a nossa vida? Porque nós sabemos mesmo é lidar com coisas ruins. Infelizmente. Sei despachar um embuste com um pé nas costas, enquanto faço café. Mas quando aparecem coisas boas na minha vida, eu fico sem reação. É isso. Eu congelo. Me sinto novamente como nos tempos da escola, quando passava a noite decorando a matéria e de repente me dava um branco na hora da prova. Digo que o sorriso dele faz meu mundo girar ou deixo pra lá e só sorrio de volta? Dou mais um beijo ou vou parecer muito grudenta? Confesso que escrevi nossos nomes numa folha de papel só para ver se ficariam bonitos lado a lado ou vou parecer idiota? Peço a hora do nascimento dele para fazer o mapa astral ou finjo que nem ligo para essas coisas de signo? Falo que gosto de namorar ou bato no peito e digo que estou muito bem sozinha, obrigada? Respondo em um segundo ou em dez minutos?

Peço para ele ficar mais um pouco ou a vida toda?

Gosto de dizer a meus amigos que sou aquela medrosa corajosa. Eu sinto medo, mas gosto de enfrentá-lo.

É.

É isso.

Acho que consegui definir legal. E em meio a todos os questionamentos sobre o que fazer, quando fazer, se devo fazer... Eu escolho a opção mais idiota possível.

Seguir meu coração.

Qual o problema de seguir meu coração? Ah. Sei que ele é impulsivo. Bobo. Anseia por viver todas as sensações a duzentos quilômetros por hora e não tem medo algum de bater com a cara no muro.

E lá vamos nós de novo. E de novo. Quantas vezes for preciso.

Me virei para fitar Gustavo nos olhos e finalmente dizer:

— Estou pensando no quanto estou feliz por estar com você. Obrigada pelo dia de hoje... Sério. Foi muito especial...

E antes de eu acabar a frase, ele me puxa para perto dos músculos da sua barriga e me dá um beijo demorado.

É só um murinho, vai...
Nem vai doer tanto assim.

Tudo bem que eu já chamei outros caras que passaram pela minha vida de príncipe, mas, ah... eram tempos difíceis para os relacionamentos sérios.

CAPÍTULO 6
Não deixe para depois o que você pode sentir agora

— Então você está namorando o Gustavo Ferreira? É isso? — pergunta Pedro calmamente, se virando para mim enquanto tento não pensar no fato de que estamos a 32 metros do chão.

Trinta e dois metros. O cara sorridente que opera o brinquedo havia me contado isso enquanto eu estava na fila. Assim como quem faz a previsão do tempo de amanhã. *Vai chover... Uma pena... Trinta e dois metros, senhora. Uma das maiores rodas-gigantes da região!* Ainda falou com orgulho. Por Deus! Quem tem orgulho de algo que pode matar pessoas? Que tipo de *monstro* esse cara é? Isso nem é seguro, sabe. Eu já vi vááárias reportagens em que as pessoas "saem voando" de brinquedos como esse. Ou de rodas-gigantes que param de funcionar no meio do percurso, deixando pessoas penduradas — a 32 metros de altura — por *horas*. Horas. Eu não tinha horas, se é que vocês querem saber. Amanhã eu preciso entregar um trabalho de Direito Constitucional e não sei nem do que se trata.

Mas quem liga, né? Ninguém liga.

Talvez *nem eu* ligue, já que estou num parque de diversões em plena quarta-feira com meus dois melhores amigos, Pedro e Amanda.

— Namorando é uma palavra um pouco forte... Eu...

Olho para baixo. Estávamos no ponto mais alto da roda gigante neste exato momento. Droga. Por que eu olhei para baixo? *Por quê?* Eu nem acreditava *taaanto* assim naquela frase que dizia que devíamos enfrentar os nossos medos. Por mim, os medos podiam ficar lá, bem quietinhos, sem fazer mal a ninguém... Começo a me tremer toda, é como se a temperatura de Juiz de Fora de repente atingisse dez graus negativos. Agarro o braço direito do Pedro. Se eu segurasse o braço dele com força, talvez conseguisse evitar minha queda de 32 metros de altura.

— Estamos nos conhecendo...

Respiro fundo, o medo tomando conta de mim. Confesso que eu já nem prestava mais atenção no que estávamos conversando. Eu só queria sair dali bem rapidinho.

— ... quer dizer, talvez com mais intensidade do que o normal, mas é basicamente isso, Pê.

Pedro olha para minhas unhas cravadas no braço dele com ar curioso, me analisando. Depois franze a sobrancelha e me acolhe, passando o braço por trás de mim.

— Branquela... Que medo de altura é esse? Eu não sabia que você tinha tanto medo assim. — Então, se aconchegando melhor, ele me segura com suas mãos firmes. — Vem cá, eu te seguro. Não precisa ter medo, respira...

— Ah, não? Eu te falei, Pedro, eu falei! Eu MORRO de medo de altura! Prefiro enfrentar dez cobras venenosas do que uma roda-gigante. Quero dizer, dez cobras é muita coisa, mas uma cobrinha eu enfrento tranquilo, pode vir, tô preparada. Mas altura? Como que enfrenta a altura? Não dá.

Olho para baixo de novo. Gente, o que é isso? Essa roda-gigante está parada? Ou eu que parei no tempo?

— Esse negócio enguiçou? — pergunto. — Ah, não... — Aperto o braço dele com mais força. — Pedro, sério, *a gente vai morrer*. Eu tô sentindo. Sabe aquela luz que você vê quando está perto da morte? Eu tô vendo, Pê. Eu tô vendo.

— Não vai, não, branquela. Fica tranquila... Eu tô aqui com você, esqueceu? — Ele dá uma gargalhada gostosa. — A luz que você está vendo é do brinquedo aqui do lado... E estamos parados porque eles param por alguns minutos pra gente apreciar a vista... Olha lá, a ponte do rio Paraibuna... as luzes da cidade... o Hospital Star... — Ele aponta pra algum lugar no meio da escuridão e eu nem ouso olhar. Não, não.

Alto demais para se apreciar algo. ALTO DEMAIS!

— Pedro! Essa ponte é horrorosa! Quem quer ver a vista? *Quem?* — Minha voz sai um pouco mais esganiçada do que o normal. Pigarreio, tentando me recompor. Se é que isso seria possível no momento. — As pessoas só querem descer desse brinquedo, é isso que elas querem.

— As pessoas ou você? — implica ele.

— Eu. As pessoas. Isso importa? Eu *sou uma pessoa* e EU PRECISO DESCER, Pê. Tô sentindo que vou cair daqui.

A frágil gaiolinha em que estávamos range um pouco com o nosso movimento e eu me arrepio toda. Enfio as unhas no braço do Pedro sem dó. Amigo é para essas coisas, né?

— Essa gaiolinha vai cair, Pedro. É sério. Eu já vi casos assim no Google — insisto.

— O Google está sempre certo, né... Fico impressionado. — Ele se diverte. Não sei qual é a graça. — Quantas doenças não foram diagnosticadas pelo Google... Quanto câncer a gente já não descobriu com o Google, branquela! Agora o Google também alerta jovens a não frequentarem parques de diversões, muito menos a roda-gigante. Ah, não. A roda-gigante, não. Ela é prejudicial à saúde e coloca nossa vida em risco. Eu tomaria cuidado se fosse você.

Fecho os olhos com força porque, se fosse um pesadelo, eu tenho certeza de que eu acordaria.

Mas não.

Só podia ser a minha vida mesmo.

Bela hora para Pedro Miller brincar com a minha cara. Belíssima. Se tivesse uma hora perfeita para brincar com alguém, a hora seria esta. Trancados dentro de uma gaiolinha a 32 metros de altura.

Repito. Trinta e dois metros de altura. E o chão lá embaixo.

Depois de se divertir bastante com o próprio comentário, Pedro solta um suspiro, aperta meu ombro e volta a falar com a voz rouca e arrastada.

— Namorando, então? Com o Gugu? Rá-rá. Por essa eu não esperava.

Reviro os olhos.

— Gugu, não. *Gus*. Por que não esperava?

— Então você confirma que está namorando?

Bufo.

— Acho que sim, *não sei*... Não teve um *pedido oficial*, entende? Mas ele já me chama de amor e me levou pra conhecer a família. Isso significa que ele gosta de mim, certo? O que já é algo.

Pedro fica em silêncio por um minuto ou dois. Ou talvez tenham sido segundos, eu sinceramente já não sei mais contar o tempo.

— Parece que sim, ele gosta de você... *Com certeza*... — Então ele para mais uma vez, pensativo. — É, ele gosta, sim, Isa. Afinal, apresentar pra família é algo bem grande, né?

Os olhos azuis me encaram.

Ele realmente está falando sério. Uau.

— É... Eu também acho. — Olho para baixo de novo e penso em gritar para o moço que opera o maquinário da roda-gigante. Não é hora de ele apertar o botão novamente para voltarmos ao chão? Alôôô?

— Ele te trata bem? — dispara Pedro.

Pela primeira vez, ouso me mexer na gaiolinha (que rangia horrores a cada respiro nosso) para encarar Pedro nos olhos. Que tipo de pergunta é essa? O Gustavo me trata muito bem. *Até demais.* Não é visível? Quero dizer, nós todos, eu, Pedro, Mandy, Gus, somos da mesma sala na faculdade. Eu achava que nesse meio-tempo já tivesse dado para perceber algumas coisas bem óbvias. Ele me espera todos os dias na porta da faculdade para entrarmos juntos. Se vou no banheiro, ele faz questão de me acompanhar e me esperar com um sorriso.

Deixei de pegar o ônibus 202, e agora volto com ele de carro para casa depois da aula. Caso eu queira fazer algo no centro, ele também me acompanha. Gustavo está comigo em todos momentos, basicamente.

Gustavo era o cara. Companheiro, atencioso.

Sim. Ele é *o cara*.

— *Muito*. Ele parece um príncipe. — Limito-me a dizer. Eu não tenho mais forças. Estamos alto demais para qualquer argumentação.

E tá, tudo bem que eu já chamei alguns outros caras que passaram pela minha vida de príncipe, mas ah... É mais forte do que eu. Se o cara me trata bem? Príncipe. É romântico? Príncipe. Abre a porta do carro? Príncipe. Percebam que não precisava de muito para me conquistar, afinal, enfrentávamos tempos difíceis no campo dos relacionamentos sérios.

Das duas uma: ou a Disney nos iludiu, ou príncipes estavam em extinção.

— Nem sempre o príncipe é o cara que vai salvar a mocinha, né? — Pedro me tira dos meus pensamentos.

O que ele quer dizer com isso? Sério? Isso é hora para enigma?

— Bom, nos *meus filmes da Disney*, sim, é sempre o príncipe que salva a princesa... Mas o que isso tem a ver, Pedro? Para de me confundir. Ele me trata muito bem e ponto. É um lorde. Um príncipe. É só modo de falar... Eu não sou princesa, nem preciso que me salvem.

Respiro fundo. A roda-gigante volta a se movimentar.

Não sei o que é pior. Ficar parada a 32 metros de altura ou ouvir a gaiolinha rangendo.

— Você se salva muito bem sozinha. Sei disso. É uma das razões de eu ser seu melhor amigo e fiel escudeiro. Mesmo que você não precise... Tô sempre aqui. — Ele estende a mão para mim, esperando que eu corresponda e faça o "nosso toque". — Toca aqui. — Bato na mão dele. — Tá feliz de estar finalmente namorando? Você sempre quis um namorado para apresentar à sociedade... Rá-rá.

— Ah, vai. Eu nem queria tanto assim. — Dou um soquinho no ombro dele e nossa gaiolinha range mais um pouco. Fecho os olhos novamente. — Sem soquinhos. Ok, ok, gaiolinha. Vamos lá. Boa menina. Não vai se soltar da roda gigante... A gente precisa de você viva, menina. Mais alguns minutos. *Gaiolinha, gaiolinha... tão bonitinha...* — Abro os olhos e dou de cara com o Pedro embasbacado me encarando. — Eu falei isso em voz alta, não falei? — Me dou conta da minha loucura pública.

Mas, ah, estou com o Pedro. É o Pedro, sabe? O garoto que já me viu chorando na área de fumantes de uma festa porque o meu melhor amigo me trocou pela namorada (sim, eu choro por pessoas que não merecem); o garoto que já segurou meu cabelo enquanto eu vomitava porque comi um cachorro-quente de rua e tive intoxicação alimentar; o garoto que já me viu com as bochechas inchadas quando tirei meus dois sisos e ainda teve coragem de dizer que eu estava linda. Parecia um tomate? Sim. Mas um tomate lindo.

Esse era Pedro Miller, meu melhor amigo.

— É. Falou. — Ele se diverte com meu pânico, *ok*, devia ser mesmo muito engraçado ver uma pessoa enfrentando a *morte*.
— Calma, já tá acabando, branquela, pelos meus cálculos essa é a última volta. Já, já, você estará sã e salva... — E então ele volta ao assunto: — Mas me diz... Se o Gustavo é esse *lorde* que você diz que ele é — arregalo os olhos, foi uma ironia no lorde ou é impressão minha? —, e não, não estou duvidando disso... É só que... Eu queria saber por que você não avisou pra ele que viria ao parque de diversões com seus dois melhores amigos.

Repentinamente, tiro os braços dele do meu ombro e me afasto.

Lá no fundo, escuto a gaiolinha ranger, mas não me importo tanto assim. Não agora.

Como Pedro Miller sabe disso?

Sério? Tipo... COMO?

Quero dizer, eu realmente preferi não contar aonde estava indo... O Gustavo é tão... Sei lá. Ele quer estar comigo em todos os momentos. Já percebi que, se eu faço algo e ele não está junto, isso o chateia. E eu não quis e não quero chateá-lo, sabe? Mas também não queria trazê-lo porque eu, Pedro e Amanda tínhamos combinado há tempos de aproveitar para sairmos juntos quando o parque de diversões passasse por Juiz de Fora.

E eu queria um tempo a sós com os meus melhores amigos também. Queria contar para eles os detalhes de tudo o que aconteceu no fim de semana. Eu não tinha conseguido contar nada justamente porque estudamos todos na mesma sala, e como disse, o Gustavo fica cem por cento do tempo do meu lado.

Tipo, *o tempo todo*.

O tempo todo *mesmo*.

Ele me levava no banheiro e me esperava do lado de fora com um sorriso no rosto. Me levava na cantina e perguntava o que eu queria comer. Me levava para estudar na biblioteca e ficava do meu lado esperando que eu *estudasse*. Era fofo, era um cuidado, até certo ponto... Uma garota tem que ter seus momentos sozinha para respirar... E eu estava precisando do meu. Sou sagitariana, qual é?

E, sim, eu sei.

Eu não deveria mentir para o meu novo namorado.

Ok.

Culpada.

Sei disso.

Mas ele não tinha me deixado muita escolha, né? Então, para descolar um tempo com os meus amigos, eu disse para ele que toda quarta-feira eu passaria a trabalhar como "passeadora de cães" do meu vizinho, e que ele tinha quatro buldogues franceses bem gordos, lindos e peludos. Roy, Joy, Troy e Nala. Ok, sei que não foi a melhor mentira de todas. Talvez eu tenha me empolgado nos nomes dos buldogues imaginários e tenha perdido a linha no "Nala". Eu até pensei na clássica desculpa de dizer que iria à casa de um parente, mas me lembrei que ele me levou na mansão do tio Nico no fim de semana e, se eu não o levasse junto, isso poderia resultar em uma discussão desnecessária. Pensei em inventar um médico, mas médico de noite? *Ah, tá*. Pensei em dizer que iria ao salão de beleza fazer as unhas, mas me lembrei da última vez que ele foi lá comigo, fez amizade com todo mundo, inclusive com a Martinha... A secretária fofoqueira que poderia me desmentir em um piscar de olhos. E ela *adoraria* me desmentir.

Então eu fiquei sem opções.

Tive que apelar para um vizinho que não existe e para buldogues imaginários: Roy, Joy, Troy e Nala.

Não seria um máximo se eles realmente existissem?

Eu acho.

O fato é que... Como o Pedro soube disso? Ele não era capaz de ler mentes, apesar de, às vezes, parecer que sim. E eu não tinha comentado sobre isso com ninguém, nem com a Amanda... *Ah!* Como pude ser tão inocente?!

Os nossos celulares, claro.

Eu havia entregado meu celular para ele. E ele entregou o meu celular junto com o dele para a Amanda segurar enquanto estivéssemos no brinquedo.

Para um bom curioso, meia mensagem na tela de bloqueio basta. Droga.

O que será que o Gustavo tinha me mandado? Meu estômago revirou.

E agora não era por causa da altura. O que era ainda pior.

Eu odeio mentir. Odeio. Odeio. Principalmente porque... *eu não sei mentir*. Tenho ciência de que mentiras são necessárias vez ou outra, uma mentirinha saudável aqui, outra mentirinha fofa ali... Que nem essa. Era uma mentira fofa, né? Eu menti para não magoar os sentimentos do meu namorado. Só isso. Não é? É.

É, sim. Você não tinha o que fazer, Isabela. Você queria um tempo com seus melhores amigos. Caso você dissesse a verdade, o Gustavo não desgrudaria e, mais uma vez, você não teria esse tempo com eles. Caso você pedisse para que ele não fosse, ele poderia pensar que vocês fariam *algo a mais* no parque de diversões... Será que todo namoro é assim? Tentar não chatear o outro e, no meio do caminho, fazer coisas que podem chateá-lo ainda mais?

Tento respirar com o pouco de ar que tinha sobrado nos meus pulmões.

— Ai, Pedro. É complicado... E por que você leu minhas mensagens? Eu, hein! — Cruzo os braços e viro a cara, observando pela primeira vez a vista da gaiolinha.

Uau. Era realmente linda. Pedro não tinha mentido sobre isso.

— Eu não queria ler... Mas tinham muitas mensagens, todas do Gustavo. Minha curiosidade falou mais alto do que meus princípios. — Ele tenta se justificar. — Você sabe que eu jamais faria isso, ler suas mensagens... Mas é que achei estranho o tanto de mensagens. Me desculpa, branquela. Me desculpa mesmo...

Me viro para ele e sinto algo entalado na garganta.

Talvez seja meu estômago querendo dar uma voltinha aqui fora.

— Eram muitas mensagens? Sério??? — Meus olhos se enchem de lágrimas. Será que meu sonho de algodão doce já estava se desmanchando? — Como assim, Pedro... Eu falei que ficaria sem responder durante uma hora e meia, pois não passeava com os cachorros com o celular na mão... Por que ele iria mandar tantas mensagens... — Dou um tapa na testa, me lamentando por minhas decisões tão péssimas. — Eu sabia que mentir não era para mim. Minha mãe sempre disse que eu não deveria mentir, pois sou uma péssima mentirosa. As mães estão sempre certas. *Sempre*. Sabe quando elas falam pra gente levar o casaco? A gente tem que levar o casaco, Pedro. Por que não dei ouvidos a minha mãe? Tão sábia... Poxa vida. Agora, ele vai descobrir a mentira, e tudo vai parecer bem pior do que é. Isso se eu sobreviver a essa roda-gigante, né? Imagina, só... O Gustavo descobrir que eu menti pra ele após ler no jornal: "Jovem de vinte anos morre em roda-gigante. As causas ainda são desconhecidas pela polícia." E a jovem sou eu, você tá entendendo, Pê? Jovem, mentirosa e medrosa. Roy, Joy, Troy e Nala que me perdoem. Eu tentei.

Pedro fica confuso. Claro. As coisas que estou falando não têm o menor sentido.

— Cachorros? Roy, Troy e quem? — Ele me abraça mais uma vez pelos ombros, talvez mais forte do que antes. Acho que queria me passar segurança. — Isa, calma. Às vezes não é nada. Eu só li a primeira mensagem que apareceu na tela, em que ele perguntava onde você estava, tudo em maiúsculas e com muitos pontos de interrogação. Talvez não seja nada de mais... Foi só isso que me chamou a atenção e eu tive que perguntar pra você.

Droga. Tudo em maiúsculas e com muitos pontos de interrogação. Para quem entende de linguagem de internet, isso nunca significa coisa boa.

— Ai, Pedro. Eu sei que você tem a melhor das intenções e eu agradeço muito por isso. — Dou um sorriso nervoso e pego as mãos dele. — Mas é óbvio que era algo importante. Ele falou em *Caps Lock*... Mandou vários pontos de interrogação... — Faço um beicinho e respiro fundo.

Ele corresponde ao meu sorriso, também nervoso, e segura minhas mãos ao me encarar. A cicatriz repuxando na bochecha esquerda, e os cabelos negros iluminados pela luz azul da roda-gigante. Se não estivéssemos a 32 metros de altura eu me ofereceria para tirar uma foto dele.

Seria a foto perfeita.

Atrás dele, toda a cidade reluzia.

Queria que Amanda estivesse aqui com sua câmera nova.

— Se acalma, branquela. Vai ficar tudo bem. Você não está fazendo nada errado. Não se sinta culpada... Tá? Promete pra mim que não vai se sentir culpada.

— Eu *menti* pra ele, Pedro. Eu disse que levaria Roy, Troy, Joy e Nala pra um passeio noturno, pois nas quartas-feiras, além de usar rosa, aparentemente eu também sou passeadora de cães. E Roy, Troy, Joy e Nala nem sequer existem! Coitados! Muito menos o meu vizinho, que me contratou e que, supostamente, é o dono dessa galera toda. Como eu vou sair dessa agora? Como, Pê? — Ele ajeita o casaco de couro preto, será que também estava com frio? Eu disse que deveria estar fazendo dez graus negativos em Juiz de Fora. Então continuei: — E se ele me pedir foto dos buldogues? E se algum conhecido dele me avistar aqui no parque? Como eu não pensei nisso antes? Pedro... Eu...

Eu estava surtando. É isso.

Ele tira o casaco de couro e me entrega.

— Coloca o meu casaco, você tá tremendo muito. — Ele olha para baixo, conferindo algo, e se volta para mim. — Já deve estar acabando... Olha. Olha bem pra mim e presta atenção no que eu vou te dizer.

Encaro os olhos azuis, relutante. Era difícil demais encarar olhos tão bonitos. Queria ter olhos únicos, inconfundíveis, tão marcantes como os dele... Os meus eram só castanhos mesmo. Mas eu tinha muito orgulho deles.

— Você é uma ótima namorada, Isa. — Ao perceber que vou interrompê-lo para corrigir o "namorada", ele completa: — Ou seja lá o que vocês sejam... O importante é que você não está fazendo nada errado. Queria um tempo com seus amigos, e isso é normal. Ele tem que aceitar isso, se for realmente uma boa pessoa como você diz. Quanto à mentira... Diga você toda a verdade... Vai se sentir melhor consigo mesma. Não tem nada melhor do que a verdade, sempre. Mesmo depois de uma mentira, poucos são os que recorrem à verdade. Alguns continuam mentindo... — Ele para por alguns segundos, pensando no que dizer em seguida. — Você fez tudo para não chateá-lo, só isso. No fim, o que importa são as suas intenções e o seu coração...

Sinto o choro preso na garganta. Putz. Por que eu sou tão bobona? Vinte anos nas costas. A tão sonhada maturidade e a vida adulta parecem não ter mudado nada em mim.

Eu ainda tenho vontade de chorar quando brigo com meu namorado. Ou quando as coisas não saem do jeito que minha mente criativa tinha imaginado.

Custava o Gustavo ter acreditado na minha mentira?

Era tão difícil assim para a realidade seguir o roteiro do *Filme da Isabela*?

Me volto para meu melhor amigo.

— Tá... Tá bem. Você acha que ele vai ficar *de boa*? Jura, Pedro? O que você faria nessa situação? — pergunto, desesperada.

Sei que ninguém é igual a ninguém, mas, às vezes, os homens parecem falar uma língua e as mulheres, outra. E Pedro era homem, certo? Eu ia me aproveitar dessa minha vantagem.

Ele morde os lábios, talvez um pouco nervoso com a pergunta. Pedro nunca havia namorado, sei disso. Ele era um cara que sempre tinha alguém na cama, mas ninguém na sua cabeça e muito menos no seu coração...

Nunca vi o Pedro se apaixonar. Nunca vi os olhos do Pedro brilharem ao comentar sobre alguém. Ele nunca contou sobre alguma garota que havia feito ele ficar com a cabeça nas nuvens. Já tinha me apresentado muitas ficantes, isso era verdade. Cada semana ele aparecia com uma diferente... Maria, Gabriela, Marcella, Jaqueline, Beatriz, Juliana, Juliane, só Ju... Eram tantas! Mas ele era assim, pé no chão, e uma frieza fora do comum quando se tratava de *amor*. As meninas ficavam completamente apaixonadas e ele, completamente indiferente. O que era um pouco estranho, porque ele era muito carinhoso comigo e com a Mandy, talvez até mais do que com qualquer outra pessoa...

Nem parecia o mesmo Pedro. Desconfio de que ele tenha medo de se apaixonar e, por isso, se feche no seu mundinho como uma forma de proteção. E eu entendo. Se apaixonar é bom demais, mas dói. Ô, se dói. Não vê euzinha aqui? No sábado, estava tão feliz que poderia levitar e passear pelas nuvens se eu quisesse. Tudo parecia perfeito, no seu devido lugar. E em apenas quatro dias, aqui estava eu. No alto de uma roda-gigante a 32 metros de altura, dentro de uma gaiolinha, quase chorando de nervoso com o meu melhor amigo, sem saber o que fazer. Me culpando por ter sido tão burra a ponto de inventar uma mentira. Afinal, quem tem quatro buldogues chamados Roy, Troy, Joy e Nala?

Eu era realmente uma piada.

Um fracasso.

Talvez o Pedro estivesse no caminho certo e eu no errado.

Vai saber.

— Eu? Você quer mesmo saber? — Ele passa as mãos nos cabelos negros agora brilhantes sob as luzes do parque. — Primeiro eu fingiria que estava bravo, muito bravo. Depois eu ia rir muito da sua cara. — Ele dá uma gargalhada gostosa.

Estamos quase chegando no chão. Finalmente! Eu nunca pensei que o chão fosse algo tão maravilhoso. Nossa, como eu amo o chão. Me lembrem de exaltar o chão e seus zero metros de altura todos os dias.

Da janela da gaiolinha, eu já consigo ver Mandy na saída do brinquedo, acenando pra gente, provavelmente feliz porque havíamos sobrevivido.

— Sério, Pê? — Respiro aliviada.

Talvez tudo ficasse bem, afinal.

— Sério. Claro que eu pediria pra você não mentir pra mim nunca mais. Até porque, em um relacionamento, os dois devem ser amigos, *melhores amigos*. — Arregalo os olhos. — É, Isa. Assim como você me conta tudo, deve ser assim com ele também. Só assim para um relacionamento ser saudável e de fato funcionar. — Abro a boca tentando argumentar, mas ele continua: — Sei que nunca namorei, mas te afirmo com toda a certeza que a única forma de vocês se entenderem é conversar sempre. Dizer o que pensam. Serem transparentes. Não tem nada melhor do que ter confiança um no outro. Vai por mim.

Escuto calada. Ele tem toda a razão.

— E talvez, quem sabe, um dia eu não te dou quatro buldogues? Roy, Troy e quais são os outros nomes mesmo?

Abro um sorriso. Meus olhos devem estar brilhando mais do que a roda-gigante. Eu tenho o melhor amigo do mundo. Sério.

— Joy e Nala — completo, um pouco envergonhada da minha mentira sem pé nem cabeça.

— Isso mesmo. Um dia prometo que te dou seus tão sonhados quatro buldogues. — Ele morde o lábio superior, e me dá um sorriso encorajador. — Vai ficar tudo bem, branquela. Prometo.

A porta da gaiolinha se abre e lá está o moço simpático que deveria ter apertado o botão minutos atrás. Ele estende os braços e me oferece as mãos para que eu saia em segurança da gaiolinha. Pedro sai em seguida e vamos ao encontro da nossa japa preferida, Amanda Akira, que nos espera ansiosa com sua câmera nova em mãos.

— Deixa eu tirar uma foto de vocês dois em frente à roda-gigante. A iluminação está incrível. Isso. Para do lado da Isa, assim, Pê. Mais perto, senão minha câmera não pega... Ela não é *full frame*, eu já disse pra vocês. — Como se soubéssemos o que era uma câmera *full frame*. Pedro passa os braços por cima dos meus ombros e fazemos uma pose abraçados. Clique. — Ficou ótima! Você ficou linda com o casaco do Pedro, Isa. Deveria usar mais vezes. Se quiser eu faço mais fotos suas com ele pelo parque. Vamos? O que vocês estão esperando? Eu estou doida para ir no trem fantasma. Vamos, vamos.

Antes que Pedro fosse atrás dela, me volto para ele.

— Pedro... Eu... Obrigada. Vou ler as mensagens agora e seja o que Deus quiser. Eu nem sei o que faria sem você, sério mesmo.

— Eu sei, branquela... Eu sei. Não precisa agradecer. — Ele me dá um sorriso sincero, os olhos brilhando.

— E só pra te dizer, eu acho que você daria um ótimo namorado. — Ele fecha a cara e revira os olhos. — É sério. Você devia tentar um dia, Pedro.

Ele me dá um empurrãozinho de brincadeira.

— Esquece isso, branquela... Já disse que essa coisa de amor não é pra mim...

Então, ele se distancia, seguindo os passos da Mandy com as mãos nos bolsos da calça largada.

Vai entender, né?

Pedro resolveu acompanhar Amanda no trem fantasma e eu fiquei aqui do lado de fora esperando por eles. Porque, Deus me livre, eu morro de medo. Sei que o trem fantasma aqui do parque consiste apenas em alguns bonecos sem graça e uns caras fazendo bico, com fantasias de múmia, zumbis, vampiros, fantasmas e o que mais eles considerem assustador. A questão é que eu levo susto com tudo. Tudo mesmo. Mesmo eles não sendo nem um pouco assustadores. A última vez que estive aqui, o moço que estava fantasiado de vampiro chegou a me agradecer por ser a única pessoa a ter se assustado com ele naquele dia. Sério. Ninguém nem reconhecia que aquele senhor era um vampiro. Já eu, gritei tanto que as pessoas da fila do lado de fora me olharam assustadas quando saí, se questionando se deveriam mesmo encarar esse brinquedo tão amedrontador.

Enquanto eu aguardava, aproveitei para olhar o celular.

Não adiantava fugir.

Dez mensagens não lidas.

Gustavo Ferreira ♡:
Oi, linda. Que vc tenha um bom passeio com os cachorrinhos. Tenho muito orgulho de vc, toda trabalhadora. Vai lá e mostra pra eles quem é a melhor passeadora de cães da cidade.

19:01

Gustavo Ferreira ♡:
Vc disse que iria às 19:30, né, amor? Pq eu tô aqui esperando uma resposta sua. Poxa vida. Lembra de mimmmmmmmmm!! Haha :D

19:10

Gustavo Ferreira ♡:
Não sei se já deveria dizer isso... Mas fico louco quando vc some. Isso nunca aconteceu cmg... Voltaaaaaaa

19:13

Gustavo Ferreira ♡:
Ok. Minha bbzinha não tá afim de conversa. Quando voltar me manda msg. Não esquece.

19:20

Gustavo Ferreira ♡:
19:30. Hora do passeio dos cachorrinhos. Saudades.

19:34

Gustavo Ferreira ♡:
Abandonado, mas ainda pensando em vc.

19:40

Gustavo Ferreira ♡:
Passeio demorado :(auau 🐶

20:10

Gustavo Ferreira ♡:
Isabela???????????

20:30

Gustavo Ferreira ♡:
ISA???????????? ONDE VC TÁ???????

20:40

Gustavo Ferreira ♡:
Espero que esteja se divertindo no parque :)

21:00

Ai, não. Ele sabe que eu estou aqui. Merda. Merda. Mil vezes merda.

O que o Pedro me disse mesmo? Ser melhor amiga dele. *Ok*. O que uma melhor amiga diria numa situação dessas? "Haha. Pois é! Te enganei! Na verdade eu menti sobre estar passeando com os cachorros do meu vizinho, que por acaso nem existem, só pra poder ter um tempo com os meus melhores amigos a sós, sem você."

Péssimo.

Sério.

Ele nunca entenderia. Tipo... *Nunca*.

Isabela Freitas:
amor... desculpa. eu realmente vim ao parque e acabei desmarcando o lance dos cachorrinhos... eu ia te avisar, mas foi muito de última hora. desculpa mesmo :(

21:12

Ok.

Cá estou eu mentindo de novo. Mas algo me diz que eu não posso ser 100% sincera com ele. Sei lá. Eu *ainda* não sentia essa confiança, não me sentia segura para falar a verdade, pois não sei se me sentiria acolhida. Tenho certeza de que se eu falasse que Roy, Troy, Joy e Nala foram uma invenção da minha cabeça, ele surtaria. É sério. E eu simplesmente não estou a fim de *mais* problemas agora.

Eu já tinha criado uns bons problemas para resolver, obrigada.

Gustavo Ferreira ♡:
Digitando...

21:14

Gustavo Ferreira ♡**:**
Podia ter me avisado, né? Vc fica com o celular na mão o tempo todo e não pode nem responder uma mensagem? Tô tentando falar com vc desde às 19 hrs, Isabela.

21:14

Ok. Ele me chamou de Isabela. A situação estava nitidamente crítica.

Isabela Freitas:
sei disso... mas às vezes quando tô com meus amigos eu me desligo do mundo e eu tinha um monte de coisas pra contar pra eles... da gente, do nosso fim de semana, de tudo incrível que vem acontecendo... eu realmente deixei o celular pra lá e esqueci de avisar vc. desculpa :(sério...

21:14

Gustavo Ferreira ♡**:**
Digitando...

21:15

Gustavo Ferreira ♡**:**
Td bem. Só não faz isso de novo. Fiquei preocupado. Podia ter acontecido alguma coisa com vc, sei lá. Vc tem que me avisar aonde vai, com quem vai... Somos namorados, Isa. Não sei se vc reparou.

21:15

 Meu estômago gelou. Então nós somos namorados? MESMO? Aiiiii.

Isabela Freitas:
aii. somos? *_*

21:16

Isabela Freitas:
mesmo???

21:16

Gustavo Ferreira ♡**:**
Somos, linda. Você chegou de repente e acabou comigo... Me deixou louco. Sou louco por vc. Não reparou? rs.

21:17

Isabela Freitas:
lindo. tb sou louca por vc.

21:17

Gustavo Ferreira ♡**:**
Quando quiser me chamar pro parque... Vou adorar. Quem mais tá aí? Tá legal? Deve estar muito divertido, já que vc se esqueceu até do celular...

21:18

Isabela Freitas:
só eu, Pedro e Amanda. como sempre. fui na roda-gigante com o Pedro e quase tive um ataque cardíaco, mas passo bem. sua namorada sobreviveu, pra sua sorte. agora eles foram no trem fantasma e eu tô aqui do lado de fora conversando com vc.

21:19

Gustavo Ferreira ♡**:**
Hmmm. Deve estar ótimo. Aproveita, linda. Quando chegar em casa me avisa, tá? Vou parar de te encher o saco...

21:20

Isabela Freitas:
eles chegaram. vou lá!
quando chegar em casa te mando mensagem…
e mais uma vez, desculpa, amor. não foi
minha intenção deixar de te avisar…
eu realmente esqueci na correria…

21:20

Gustavo Ferreira ♡:
Td bem, linda. Eu entendo…

21:21

Isabela Freitas:
ah! só uma curiosidade, amor… quem te falou
que eu estava no parque? ou vc tem olheiros
por todos os lados da cidade?

21:22

Gustavo Ferreira ♡:
A Marthinha me mandou uma mensagem perguntando pq
eu não estava no parque com vc. Acho que ela te viu por aí.

21:23

Ah, a Marthinha. Eu disse que se ela tivesse oportunidade de me dedurar, ela deduraria.

Eu *disse*. Intuição de mulher nunca falha.

> **Isabela Freitas:**
> entendi... vou lá amor! depois eu volto! beijo!
>
> 21:24

> **Gustavo Ferreira ♡:**
> Vai lá, linda... Tô aqui te esperando... <3
>
> 21:24

Pedro e Amanda saem do trem fantasma e caminham na minha direção.

— Isa... Você tinha que ter visto a cara do Pedro quando o vampiro apareceu querendo morder a gente. Rá-rá-rá. Ele pulou em cima de mim, eu juro! — Pedro desconversa e os olhinhos pequenos da Mandy mostram que ela está mesmo se divertindo com isso.

Minha amiga está com a câmera pendurada no pescoço, a postos para o caso de algum *take perfeito* surgir. Amanda sempre usa camisas de banda, e hoje ela está com uma do Guns N' Roses muito linda. Só agora reparo.

— Então, Pedro Miller tem medo de vampiros? — provoco, dando um sorriso. — Relaxa, eles *são mesmo* assustadores... Eu também tenho.

— Eu *não tenho* medo de vampiros... — Ele sorri de volta, com cumplicidade. — A Amanda tá inventando, Isa. Você acha mesmo que eu ia pular em cima dela? Eu?

Amanda coloca os bracinhos na cintura, toda revoltada.

— Ah, você pulou, sim. Só não pulou no meu colo porque sou pequenininha e provavelmente você me esmagaria com seus 1,80m e pouco... Rá-rá. — Ela me dá os braços e me arrasta em direção às barraquinhas de tiro. — Vamos tentar ganhar um ursinho pra você se animar? O Pedro me contou sobre o Gustavo... Tá tudo bem entre vocês? O que rolou?

Respiro fundo e conto para eles sobre as mensagens.

Tudinho.

Quero dizer, quase tudinho. Confesso que omiti a parte em que eu menti novamente para o meu namorado, porque eu não queria decepcionar meu melhor amigo. Afinal, eu tinha prometido que seguiria os conselhos dele... E eu estava seguindo, eu seguiria... Só que não hoje. Quando me sentir confiante, talvez.

É. Quando eu me sentir confiante, poderei ser a melhor amiga de que meu namorado precisa. No momento, eu ainda sou a garota que ele conheceu recentemente e que precisa conquistar a confiança dele.

Certo?

Certo.

Eles ouviram atentamente o meu relato. Amanda ficou muito feliz por eu ter conseguido resolver a situação da melhor forma. Pedro escutou tudo sem expressar qualquer emoção quando disse que nós dois estávamos bem, que não tinha sido nada de mais no fim das contas.

Então, depois de eu ter contado a eles o que deu para contar, Pedro comenta:

— Viu, eu disse, branquela... Ficou tudo bem...

Ele parece um pouquinho decepcionado. Não por eu estar feliz com o desfecho da história, não é isso. Acho que é outra coisa que o está incomodando.

— E mais o quê? — insisto, querendo arrancar algo dele.

— É, Pedro... Seja direto — pede Mandy.

— Nada. Eu só acho esse cara estranho. — Ele dá de ombros, finalmente permitindo que a boca falasse o que se passava em seus pensamentos.

— Por que estranho? — Arregalo os olhos.

Afinal, nós dois resolvemos nossos problemas e tudo ficou bem. Tinha algo de estranho nisso?

— Não sei... Posso estar viajando... Às vezes minha intuição tenta me alertar de algumas coisas, não sei explicar direito. Deixa pra lá. — Ele balança a cabeça. — Esquece.

Mandy intervém rapidamente.

— Todo amigo fica preocupado com o outro... Eu também me preocupo, Isa. As coisas estão muito rápidas. Eu entendo o que o Pê está tentando dizer. De verdade, entendo mesmo. A gente te ama e se preocupa com você. — Ela liga a câmera e começa a fotografar as coisas ao nosso redor. Amanda definitivamente estava no paraíso. Cores, luzes e uma câmera semiprofissional nova. Teríamos fotos incríveis do dia de hoje. — Eu já volto. Vou só tirar umas fotos desse carrossel aqui. Quero testar a câmera, vocês sabem. — Ela sumiu das nossas vistas.

Pedro pega um cigarro da carteira e acende, ele está pensativo. Me aproximo mais, em silêncio, e ficamos alguns minutos assim, só existindo um ao lado do outro.

— Você contou pra ele? — Ele quebra o silêncio.

— O quê?

— Que você tinha mentido antes porque teve medo de como ele reagiria...

Será que isso nunca vai acabar? Comecei mentindo para o Gustavo, depois tive que mentir de novo para acobertar a primeira mentira, e agora eu teria que mentir para o meu melhor amigo, Pedro, só para encobrir o fato de que sim, eu tinha dado continuidade à mentira. Era a única maneira de eu ter um pouco de paz.

Pedro olha bem nos meus olhos de mentirosa. Desvio, finjo que estou observando a Mandy tirar fotos a alguns metros de nós, então digo:

— Sim, eu disse.

— E ele? — A voz rouca e arrastada duvida de mim.

Ele sabe a verdade. Tenho certeza.

— Ele... Ué... Ficou *de boa*. O que ele poderia fazer? Não tinha muito o que fazer. Pediu para que eu não fizesse de novo, né? — Olha, onde quer que Pinóquio estivesse, ele estaria orgulhoso de mim. Hoje eu honrei o seu legado. Nunca na vida eu havia mentido tanto em um só dia.

— A-ham... Assim, fácil? — Ele dá um trago demorado no cigarro, me olhando de canto de olho. — Ele é *mesmo* um príncipe, então. Você estava certa.

Droga, droga. Ele estava sendo irônico, eu tenho cer-te-za.

— Ele é.

— Se você tá dizendo... Eu confio em você, Isa. — Ele jogou fora o cigarro pela metade, afagou meu cabelo, deu um beijo na minha testa e foi pra perto da Mandy posar em frente ao carrossel.

Eu confio em você... Pedro Miller tinha que dizer logo essa frase? Não poderia dizer "Você é demais" ou "Tô com fome, vamos comer?"...?

Mas nããão. Ele tinha que dizer que confia em mim.

Logo hoje, que não sou digna da confiança de ninguém.

Com a cara mais lavada que eu tenho, ajeito meus cabelos, guardo o celular no bolso e me aproximo dos meus melhores amigos.

— Vamos tirar uma foto de nós três? — sugiro.

— Vamos! — Amanda ama a ideia, claro. — Eu já vi um lugar ótimo que podemos usar de tripé. Um minutinho. Vou posicionar a câmera lá.

Amanda vai em direção a uma grade que cerca um brinquedo desligado e fica um tempão tentando posicionar a câmera. Pedro Miller permanece em silêncio ao meu lado, esperando para tirarmos a foto.

Meu coração estava muito acelerado.

Tento me acalmar.

Vai ficar tudo bem.

Vai, sim.

— Vamos lá, digam *xiiis*. — Amanda volta correndo para dar o tempo certo do timer disparar e fazermos a nossa pose.

Nos abraçamos, sorrimos, e...

CLIQUE.

Tempos depois, eu tentaria voltar para este dia só de olhar a foto.

Pena que essas coisas só acontecem nos filmes.

O passado não pode ser modificado.

Por mais que a gente queira muito. Com todas as forças.

Infelizmente.

Que culpa você teria por acreditar no melhor das pessoas? Que culpa você teria por querer amar? Nenhuma. Nenhuma mesmo.

CAPÍTULO 7

Se é tudo em nome do amor, por que eu não me sinto amada?

Nunca concordei com esse lance de que o amor dói. Peraí, o amor? Ele... dói?! Quando penso em dor, eu penso em joelho ralado. Uma bolada no nariz. Pedra nos rins. Bater o dedinho do pé em algum móvel. Descobrir que um amigo te traiu. Mas o amor? Ah, não. Sem essa, vai. O amor não pode doer. É inadmissível que passemos a vida toda procurando por algo que, no final, vai doer. Eu não consigo aceitar isso, vai me desculpar. O amor não pode doer. Não deve doer. Sei que nem tudo na vida é perfeito e, claro, o amor não seria diferente. Mas doer? O amor? Ah, não, não. O amor cura. O amor traz um quentinho para o nosso coração. O amor nos faz dormir abraçados ao travesseiro com um sorriso bobo. O amor faz com que qualquer cenário meia boca se transforme em cenário de filme de Hollywood. Ele é mágico, simples, renovador. O amor te faz sorrir na tristeza e é capaz de iluminar seus dias mais escuros. Isso é amor. Uma energia que arrepia, esquenta o sangue, te faz ter vontade de viver.

Então o que é aquele sentimento que te puxa pra baixo? Que dói? Que machuca? Que traz angústia? Que faz você querer mudar cada pedacinho do seu ser? Olha, não sei o nome disso, mas não é amor. Está longe de ser amor. Pode ser que a pessoa ache que é amor e insista, bata o pé, dizendo que sim, é amor. "Porque o amor machuca às vezes." O que alguns não sabem é que o que machuca não é o amor. O que machuca são as pessoas que não sabem amar.

Quantas vezes você teve um relacionamento que doía, que era como arrastar correntes, que pesava seu coração... Você não entendia muito bem o que era isso. Achava que era amor, queria que fosse amor. Porque, afinal, é normal termos nossos altos e baixos, não é mesmo? Não seremos felizes todos os dias e, tudo bem, isso é normal. Temos nossos momentos felizes e outros nem tão felizes assim.

Então aceitamos que o amor talvez machuque um pouquinho. Se a outra pessoa está longe e a saudade tomou conta. Se você queria mais cinco minutinhos e teve que ir embora. Se você queria muito dizer algumas coisas e acabou guardando para si mesmo por não achar o momento ideal. Se o amor era demais e fazia o peito doer por falta de espaço para ele. Já conseguiu entender? Vamos mais fundo.

Há uma grande diferença entre a dor de alguém que está com saudade para a de alguém que escuta palavras duras e aceita simplesmente porque "o amor machuca". O amor machuca se, por algum motivo, ele não for correspondido. Seja pela distância, pelo silêncio ou pela ausência. Mas quando o amor se faz presente e a sua *presença* machuca não é amor. Aliás, isso está longe de ser amor.

Se o sentimento te faz ter vontade de mudar quem você é, se faz ter medo de dizer o que pensa, se faz ser outra pessoa que não você... Não é amor. Se reprime, oprime, rebaixa, cala... Não é amor. Se julga, analisa, critica... Não é amor. Se ameaça, causa receio, afasta as pessoas que você ama... Não é amor. Se obriga, humilha, grita... Não é amor. Se causa angústia e um nó na garganta... Não é amor. Se controla suas roupas, seu cabelo, seus amigos... Não é amor. Se afasta a sua família, atrapalha o seu emprego, desvirtua os seus sonhos... Não é amor. Se quer dominar, prender, limitar... Não é amor. Se faz ter vontade de desistir, desistir de si mesmo, desistir das suas ambições, desistir das suas vontades... Não é amor. Se faz sentir culpa, raiva, receio... Não é amor. Se chantageia, usa seus defeitos e suas palavras contra você... Não é amor.

Se dói, se machuca, se é pesado, se está difícil demais... Meus amigos, sinto muito, mas não é amor.

É abuso.

É dor.

Tudo começa lindo, como um conto de fadas. Vocês são perfeitos um para o outro, ele faz seu coração acelerar, traz essa maravilhosa sensação de finalmente ser amada por alguém. Ele é carinhoso, amoroso, te dá atenção e te coloca no topo das suas prioridades. Aos poucos, alguns sinais ficam evidentes. Sem nem saber o porquê, você tem medo de sair sozinha sem ele, pois no seu interior, você sabe que ele não gosta disso. Você sente a necessidade de avisá-lo sobre todos os seus passos, porque não custa nada avisar. Você prefere avisar, porque isso é melhor do que gerar uma briga no futuro. Você começa a medir as palavras quando está ao lado dele, pois sabe que qualquer coisa que você diga fora de contexto pode ser distorcida e virar uma briga sem pé nem cabeça. Como no dia em que você disse que gostava de camarão frito e ele disse que camarão não faz bem para a sua saúde. Quando você está envolvida na situação, pode até ver esse comentário como uma preocupação, mas não é uma preocupação a partir do momento em que você tenta argumentar que ama camarão e não vai deixar de comer só porque ele acha que não faz bem. Qualquer pessoa normal daria de ombros e deixaria que você comesse o que bem entende. Mas ele não, ele levanta a voz e tenta te calar. Tenta te convencer. Porque só a opinião dele conta. Só a opinião dele vale. A sua pouco importa... Afinal, ele sabe o que é melhor pra você. E você se cala, porque não quer brigar. E evita comer camarão perto dele. Abrindo mão de um pouquinho de quem você é... Concessões.

Nesse relacionamento, você faz muitas concessões. Está o tempo todo cedendo para que não existam discussões desnecessárias e para que o casal dê certo. Num dia, ele te convence a não comer camarão; no outro, que seus amigos não valem de nada e te convence a se afastar deles. Tudo que seus amigos fazem será interpretado como algo ruim e ele vai te "alertar" sobre isso. Claro, ele se diz *muito preocupado* com você. Com o seu bem-estar. Coitada de você com amigos tão ruins! Com pessoas péssimas ao seu redor! Ele precisa te ajudar a sair dessa... E ele vai "ajudar". Claro que vai. Ele vai falar tanto na sua cabeça, que para evitar ouvir ladainha todo dia você vai acabar se afastando dos seus amigos. Talvez até se convença de que eles são mesmo más pessoas e os deixe pra lá. Afinal, você tem seu príncipe encantado que te protege de camarões malvados e amigos falsos. Do que mais você precisa? Nada, né?

É exatamente isso que uma pessoa abusiva vai fazer com você.

Aos poucos você não vai precisar de mais nada.

Nem das coisas que você gosta.

Nem dos seus amigos.

Nem da sua família.

Nem do seu emprego.

Nem de *você* mesma.

Você só vai precisar dele.

E aí chega o momento em que ele começa a te criticar, mas claro, é só para o seu bem. São "críticas construtivas", poxa vida. Você não é tão esforçada quanto poderia. Você não é tão magra quanto deveria ser. *Tá vendo só? Se tivesse se esforçado mais um pouco, tinha conseguido a promoção que queria no trabalho. Mas você é preguiçosa, não se esforça, assim não vai chegar a lugar algum.* Mas ele fala isso porque te ama, né? *Por que você não emagrece? Tá muito gorda. Se descuidou... Você tem sorte de eu ainda querer namorar com você... Qualquer pessoa desistiria de estar ao seu lado. Olha só pra você. Como foi chegar a esse ponto?* Mas ele fala isso para te ajudar, é claro.

Depois das críticas "construtivas", ele passa a te fazer sentir culpada por tudo, até por atitudes dele. Vamos supor que ele faça algo errado no relacionamento e que essa atitude machuque você. Uma traição, por exemplo. Você, com medo, tenta conversar, tenta expor a situação, como qualquer casal normal faria: sentando e conversando. Você espera que ele te escute, perceba onde errou, te peça desculpas por isso e tente mudar. Isso aconteceria em qualquer relacionamento saudável. Mas a pessoa abusiva não aceita que isso aconteça... Você não pode ter voz e mais ainda: *ele não pode estar errado*. Nunca. Então, mais uma vez, ele tenta se sobrepor ao que você está dizendo, tenta "falar mais alto" do que você. Vai dizer coisas sem sentido, distorcer o que você disse e, no final, te fazer sentir culpada por algo que *ele* fez e te chateou. Afinal, ele não pede desculpas. Ele nunca está errado. Então, você é obrigada a engolir aquilo que te machucou, passar por cima dos seus sentimentos e, ainda por cima, PEDIR DESCULPAS POR SE SENTIR DAQUELA FORMA. Parece uma loucura, e realmente é, porém, quando você está envolvida na situação, nesse relacionamento do qual não consegue sair, você nem percebe ao que está se sujeitando. Você só quer paz. Sabe a paz? Aquele quentinho no coração que eu falei que o amor nos faz sentir? É só isso que uma pessoa que está em um relacionamento abusivo quer sentir. Ela espera que um dia o outro se toque do que está fazendo e volte a ser aquela pessoa lá do início... Mas isso não acontece nem vai acontecer, sinto muito ter que te contar isso.

Porque a pessoa do início simplesmente não existe. Nunca existiu.

É duro dizer isso, mas quantas vezes você conheceu uma pessoa, se apaixonou por ela e, depois de alguns meses juntos, ela se transformou completamente? Pois é. A questão é que: ela não se transformou coisa alguma. Ela apenas fingiu ser alguém que não era para te conquistar. Algumas pessoas têm esse poder de ler o outro, e aí se fantasiam de pessoa ideal, aquilo que você sempre procurou... Normal cair nesse conto da carochinha. Eu já caí várias vezes, você já caiu, seus amigos já caíram... A questão é que, muitas vezes, nos apegamos a essa pessoa do início do relacionamento, afinal, foi por *essa pessoa* que nos apaixonamos. Ninguém é abusivo no primeiro encontro, porque, se fosse assim, dificilmente engataria em um relacionamento com alguém. Então você se segura com unhas e dentes a essa imagem da pessoa que conheceu. Você tenta justificar essas atitudes tão ruins como "uma fase", acredita que "vai passar". Você procura ajuda na internet, em livros de autoajuda, em vídeos do YouTube. Você foge da verdade o tempo todo, porque a verdade dói, eu sei, dói demais.

E são elas:

1. A pessoa por quem você apaixonou não existe;
2. Como essa pessoa não existe, ela também não "vai voltar";
3. Não é apenas uma fase;
4. Você está em um relacionamento que não é saudável e que te faz mal constantemente;
5. Por mais que você tente, algumas coisas não estão ao seu alcance;
6. Você é capaz de mudar apenas *os seus pensamentos*. Nunca os do outro.

• • •

Leia essa lista quantas vezes precisar. Sei que reconhecer falhas e fracassos não é fácil, mas entenda que relacionamentos assim não são uma falha sua, não é um fracasso de verdade. Você não tem culpa! Que culpa você teria por querer ser feliz? Que culpa você teria por acreditar no melhor das pessoas? Que culpa você teria por querer amar? Nenhuma. Nenhuma mesmo.

Eu costumo classificar as pessoas abusivas em dois tipos: 1) as que sabem que estão sendo abusivas e, mesmo assim, continuam sendo; 2) as que são abusivas sem nem perceber. E nesse segundo tipo, muitos de nós estamos incluídos.

Todos nós podemos ter uma atitude abusiva um dia. Exemplo: eu já senti ciúmes do que não devia. Coisas que não faziam sentido, como sentir ciúmes daquela amiga de anos do seu namorado ou da mulher que trabalha com ele. Um ciúme movido apenas pelo fato de o nosso parceiro se relacionar de alguma forma (seja amizade, relação profissional etc.) com pessoas que, em tese, poderiam despertar algum tipo de atração. Você cisma com a cara da pessoa e tudo que ela faz, absolutamente tudo, e sempre a relaciona com o seu parceiro. Chega a ser doentio, eu sei.

A questão é que todos nós estamos sujeitos a sentir sentimentos ruins e deprimentes. Sentimentos dos quais não nos orgulhamos e nem contamos numa roda de amigos. Coisas que não são tão legais de sentir, mas que, por falta de controle emocional, nós sentimos. Somos humanos, qual é?! Estamos longe de ser perfeitos. O que pode vir a mudar toda a situação é *como vamos reagir diante de tais sentimentos.*

Como vou reagir ao perceber que estou com um ciúme nada a ver da colega de trabalho do meu namorado? Eu, Isabela, prefiro engolir e deixar pra lá. Até porque sei que muitas das vezes é apenas a minha mente e a minha insegurança me pregando uma peça. E então o tempo passa e eu aprendo a lidar com esse sentimento ruim. Aos poucos, ele vai sumindo, até deixar de habitar meus pensamentos. Percebo que eu tenho que confiar mais em mim e no meu parceiro para que as coisas deem certo. Mas muitas pessoas, *muitas mesmo*, não têm controle algum sobre sua mente ou sobre seus pensamentos. Então, elas entram em colapso por não saberem lidar com essas emoções tão avassaladoras. E, em vez de guardarem para si e aprenderem a lidar com isso, elas externam todos os pensamentos ruins. E cobram do outro uma atitude.

Cobram do outro corrigir um problema que é único e exclusivamente... delas.

Mas como assim? Tomar uma atitude? Se a mulher do trabalho nunca fez nada? Se a amiga de infância nunca teve segundas intenções e nunca faltou com o respeito diante do relacionamento de vocês?

Mas não... Em um relacionamento abusivo, você tem que deletar essa pessoa do Facebook e do Instagram. Se possível, de todas as redes sociais. Porque a presença dela é uma ameaça, e o fato de você ter coragem de deletá-la se transforma em uma prova de amor. As coisas começam a ficar distorcidas. Quando você vê, está deletando pessoas não só das suas redes sociais, mas também da sua vida. Você se afasta de todos os possíveis motivos de briga. Pessoas que seu parceiro pode desconfiar, encucar, implicar. Você pensa que assim está salvando seu relacionamento, seu amor, seu conto de fadas... Mas você só está contribuindo para que uma pessoa que já não é tão boa da cabeça fique pior.

E quando eu digo pior é em relação às atitudes com você.

Porque na cabeça de abusadores, está tudo bem. As paranoias foram sanadas quando você, em uma prova de amor, parou de conversar com a amiga de infância. E, em vez de esse gesto ser visto como um aprendizado sobre a melhor forma de lidar com um ciúme completamente descabido, possessivo e infantil, é visto como o movimento de alguém que apenas cedeu um pouco. Impulsionando, assim, um comportamento altamente autoritário.

Como eu disse, todos nós podemos ter atitudes abusivas um dia, uma vez ou outra, afinal, a gente erra mesmo. E a gente só aprende errando. O que não pode acontecer é a pessoa ter esse tipo de atitude *o tempo todo*. A partir do momento em que atitudes como essas se tornam corriqueiras, a pessoa que está ali só cedendo, cedendo e cedendo vai perdendo tudo o que ela já construiu.

Quando começamos um relacionamento, não temos um botão para apagar tudo o que aconteceu e tudo que já fizemos. Afinal, somos uma construção de tudo que vivemos. Momentos bons, momentos ruins, todos contribuíram para o que somos. Mas, a partir do momento em que a pessoa começa a cortar todas as características que fazem de você um ser único no mundo, suas vontades, sua personalidade, seus amigos, seu emprego, seus sonhos... Ela, aos poucos, está fazendo com que você SE PERCA.

Perder os elementos que te construíram até hoje é se perder.
É se anular.
É deixar de existir.

A loucura desse tipo de relacionamento chega a tanto que é certo que em algum momento ele vai querer afastar você até da sua família, isso mesmo, as pessoas que colocaram você no mundo. Afinal, eles se intrometem demais. E, então, a pessoa abusiva vai proibir você de contar para os seus pais o que acontece entre vocês dois e também vai isolar você de tal forma que não resta ninguém com quem você possa desabafar sobre seus sentimentos. Seus pais são proibidos de te visitarem e você está sempre inventando desculpas para que eles não percebam que tem algo errado. *E tem algo errado?*, você se pergunta. Parece errado, o sentimento é de que sim, está errado, é claro. Mas a pessoa abusiva está sempre dizendo que é em nome do amor. Que é para o seu bem.

Se é tudo para o meu bem, por que eu não me sinto bem de verdade? Se ele faz tudo pensando em mim, por que não me deixa falar quando tento dizer como me sinto? Se ele quer o melhor para mim, então por que afastar pessoas que me fazem bem? Meus amigos, minha família... Se ele me ama, por que só vê defeitos? Se ele se preocupa tanto comigo, por que não enxuga minhas lágrimas e deixa de ser o causador delas? Se são críticas construtivas, por que ouvi-las dia após dia me destrói, me deixa em pedaços? Se é tudo em nome do amor, por que eu não me sinto amada?

São essas as perguntas que a gente se faz.

E eu gostaria de nunca ter tido que fazê-las.

Em que momento eu perdi minha voz? Em que momento eu deixei que outra pessoa dissesse o que era melhor para mim?

CAPÍTULO 8
Não se diminua para caber no mundinho de alguém

sa, para de falar alto, sério. Estamos no meio do restaurante — interrompe Gustavo bem no meio do meu relato cheio de detalhes sobre o ataque de tubarão que vi ontem, antes de dormir, em um documentário interessantíssimo (e tensíssimo).

— Mas Gustavo, minha voz é assim, eu falo um pouco mais alto do que o normal mesmo. Eu sempre falei desse jeito, quando você me conheceu, eu já falava assim, eu, hein — rebato sem pensar duas vezes e deixo pra lá o que estava contando.

Ele nem quer saber mesmo. Não sei por que insisto tanto em manter um diálogo quando a outra pessoa não está nem minimamente interessada.

— Meu amor, eu falo pro seu bem… Imagine o que as pessoas pensarão de você… Falando alto assim, sabe? Que garota sem classe, não sabe nem se portar num restaurante… — Ele continua dando justificativas para essa crítica sem sentido, só que eu já havia parado de ouvir.

Sério.

Passa rapidamente pela minha cabeça rebater mais uma vez e dizer que talvez ninguém esteja se importando se eu estou falando alto ou não, até porque todas as pessoas ao nosso redor estavam falando muito alto também. Afinal, estamos em um restaurante bem movimentado de Juiz de Fora e, ainda por cima, no horário de almoço de domingo! O horário mais movimentado da história do planeta. Crianças choravam, mães davam risadas segurando suas taças de gim e pais discutem em voz alta sobre a partida de futebol (Flamengo contra Botafogo) que está sendo exibida na televisão. Todos estavam conversando em voz alta e estava tudo bem. Mas quando eu, Isabela Freitas, falei um pouquinho acima do tom, Gustavo Ferreira tinha que me corrigir. Claro. Para o meu bem.

A-ham.

A verdade é que eu já estou de saco cheio disso tudo e continuo empurrando esse relacionamento com a barriga.

Pronto, falei.

Estamos juntos há um ano e nove meses e o Gustavo que eu conheci lá no início (o Gustavo dos três primeiros meses) desapareceu por completo. Ele se transformou em uma pessoa que, sinceramente, eu mal conhecia, um verdadeiro estranho. Temos dias bons, claro, não vou ser hipócrita e dizer que nossa relação é construída apenas com momentos ruins. Mas os dias bons estavam ficando cada vez mais espaçados, cada vez mais distantes... Não sei. Como se os momentos bons estivessem fracos demais para ofuscarem os ruins. Talvez seja pelo fato de que algumas atitudes consideradas "pequenas", como a que ele tinha acabado de tomar, de me pedir para falar mais baixo, simplesmente acabassem com o meu dia.

Tipo, de verdade. Acabavam mesmo. Meu emocional estava tão enfraquecido que qualquer vento mais forte me fazia desabar. Essa era a situação em que me encontrava.

Eu repassava a cena mil vezes na minha cabeça e, em todas elas, tentava me colocar no lugar do Gustavo. Tentava entender o motivo da "crítica", do "incômodo", o porquê de ele me corrigir tanto e tentar me moldar segundo seus caprichos. Mas, todas as vezes que alguma situação desagradável acontecia, eu nunca conseguia entendê-lo. Era como se fôssemos de mundos diferentes ou falássemos línguas diferentes.

E sempre que eu me colocava no lugar dele me perguntava se Gustavo em algum momento fazia o mesmo por mim. Algo me dizia que não, ele não se colocava no meu lugar. Porque, poxa vida, será mesmo que vale a pena pedir para a sua namorada falar mais baixo enquanto ela está superempolgada contando sobre o documentário superinteressante de tubarões? Será que não seria melhor sorrir e prestar atenção no que ela estava falando? Com certeza, se ele tivesse se colocado no meu lugar, pensaria dessa forma. Porém, algo mais forte dentro dele está sempre querendo me colocar pra baixo, de forma direta ou indireta. E ele conseguia. Como eu estava cansada de discutir por besteira, acabava deixando pra lá. Fingia que não era comigo. Fingia que aquilo não estava acontecendo, que era um delírio momentâneo.

Sei que uma atitude dessas, vista de forma isolada, pode ser interpretada como algo pequeno, ínfimo, algo fácil de se passar por cima. Mas quando isso se torna uma constante na sua vida, todos os dias, tipo, todos *mesmo*, crítica ali, crítica aqui, repressão ali, repressão aqui... você começa a se sentir errada a todo momento. Você começa a questionar suas qualidades, seu jeito de falar, de se vestir, de se portar. Você chega a questionar até a sua sanidade mental, afinal, como seria possível duas pessoas não conseguirem se entender de forma simples e clara? Será mesmo que minhas atitudes eram tão problemáticas assim? Ou o problema estava nele?

E assim eu continuava arrastando (sem muitas forças) um relacionamento que estava completando um ano e nove meses, adivinha... HOJE! Ah! Inclusive, esse almoço era para comemorar o nosso "aniversário". Pois é, o Gustavo se importava muito com essas coisas. Todo mês ele fazia questão de "comemorar o nosso amor".

No início, eu achei isso muito fofo.

Uau.

Eu mal tinha um namorado, e agora, além de ter um namorado, eu tinha um namorado que achava importante comemorar nosso aniversário de namoro t-o-d-o-s os meses. Em tempos de relações tão líquidas e vazias, isso era algo a ser valorizado, vai...

No primeiro mês de namoro, nós fizemos uma viagem, nunca vou esquecer. Achei aquilo o máximo. Ninguém nunca tinha feito nada parecido por mim. Fomos para Angra dos Reis, no litoral do estado do Rio de Janeiro, e passamos o fim de semana embriagados de amor. No segundo mês, ele arrumou meu quarto com muitas velas, flores, e esse tipo de coisa romântica que as pessoas fazem. E... tá, *eu odiei*. Porque odeio esse tipo de surpresa romântica demais. Mas o que vale é a intenção, né? Achei fofo, agradeci, contei para os meus amigos... Gustavo era o namorado perfeito, sem defeitos.

No terceiro mês, fomos jantar no restaurante preferido dele, o mesmo restaurante em que estamos almoçando agora. No quarto mês, fomos fazer um piquenique no campus da universidade em que estudávamos, a UFJF. Lembro que, naquele dia, nós discutimos feio. Muito feio. Foi nossa primeira discussão. E tudo porque eu estava de vestido (um dia de sol no parque, qualquer garota usaria um vestido para se sentir confortável), e um cara mexeu comigo quando fui comprar sorvete.

A-ham. Um cara passou do nosso lado e falou "Que loira gostosa, hein...". Na hora, eu me encolhi toda, a mesma reação do meu corpo em todas as vezes que fazem isso comigo na rua, mas segurei firme as mãos do meu namorado. Esperei uma palavra de amparo, apoio, ou só um abraço mesmo. Eu esperei qualquer reação dele, qualquer mesmo. Mas nunca a que ele teve.

— Por que você veio com esse vestido? — perguntou ele, olhando com desprezo para o meu vestidinho rodado branco de bolinhas pretas.

— Quê? Não entendi. — Eu realmente não tinha entendido. Do que ele estava falando? Ele queria dizer o que eu estava achando que ele queria dizer?

— Você é sem noção?! Não viu o cara mexendo com você?! — disse ele, arregalando os olhos de tanta raiva, ou sei lá o que ele estava sentindo.

— Eu vi... Mas que culpa eu tenho? Nem olhei pra ele... — Tentei me justificar. Envergonhada, constrangida, sem reação alguma.

— Não tem culpa?! Isabela, sério. Eu preciso explicar como funciona a cabeça dos homens? Você vem com esse vestido e acha que ninguém vai mexer com você?! Você está provocando... Claro que alguém vai mexer... Agora você se faz de vítima, como se não soubesse disso, para, né...

— Não estou me fazendo de vítima, Gustavo. Eu só estava com calor!

Que bicho tinha mordido esse garoto? Sério? Alguém me ajuda aqui?!

— Que calor? Você tem que ter noção. Não me faz perder a paciência, não. Já estou de saco cheio.

— Oi? De saco cheio de quê? Se estávamos rindo e andando de mãos dadas pelo parque? Gustavo, eu...

— Me deixa, Isabela. Sério. Já deu.

E, me largando ali sem entender nada, ele soltou a minha mão e deu passos decididos em direção ao estacionamento em frente à nossa faculdade de Direito, onde havíamos estacionado o carro. Depois de alguns minutos, seu Audi preto passou por mim, e ele nem sequer se virou para olhar pela janela para ver se eu ainda estava ali onde ele havia me deixado.

Como se eu não existisse.

E eu fiquei ali. Do jeitinho que ele havia deixado.

Invisível e destruída.

Na época, não me mexi, não tive reação alguma. Meus pés pesavam cem quilos cada um, minha cabeça girava, e as frases que ele me disse se repetiam a todo momento na minha mente: "Por que você veio com esse vestido?", "Você é sem noção?!", "Agora você se faz de vítima"... Caramba. Era um vestidinho rodado de bolinhas com o comprimento no joelho. Não era sexy. Não era insinuante. E, mesmo assim, se fosse, eu não tinha o direito de vestir algo que fizesse eu me sentir bem? Eu tinha que me vestir pensando no que as outras pessoas iam pensar de mim? Meu namorado não deveria me defender, como tinha feito quando o Fábio me xingou no meio da festa? Cadê aquele Gustavo? Onde ele estava? Será que ele nem sequer existia? Ou era tudo um teatro para me conquistar?

Tentei me convencer de que o vestido tinha sido uma péssima ideia mesmo. O Gustavo poderia estar apenas preocupado comigo. Ele voltou e me buscou, mas a discussão no carro foi ainda mais intensa. Essa briga poderia ter sido motivada por ciúme, e esse ciúme podia ter sido motivado por um amor gigantesco. Vai saber, né... Mas nada disso fazia sentido. Quanto mais eu pensava, mais dúvidas tinha. Por mais incrível que pudesse parecer, nem vontade de chorar me dava. Isso nunca tinha acontecido comigo... Ser julgada pela minha roupa, ainda mais pelo meu próprio namorado...

Mais tarde, naquele mesmo dia do parque, quando cheguei em casa e entrei no meu Facebook, percebi que Gustavo tinha postado uma selfie nossa que tiramos dentro do carro dele, antes de toda a confusão do vestido. Eu sorria, feliz, radiante. Ele também. Junto com a foto, uma linda declaração de amor que me agradecia pelos quatro meses juntos. Respirei fundo e resolvi passar por cima do que tinha acontecido, tudo pelo nosso amor.

Mas eu não devia ter feito isso...

Porque o amor não machuca e nem deve ser usado como desculpa para machucar alguém...

Eu só não sabia disso na época.

E, depois disso, seguimos com nossas comemorações mensais, porém, à medida que o tempo foi passando, eu sentia que essas comemorações eram mais para mostrar algo a alguém do que para me fazer bem. O que importava era a foto que ele ia postar, ou a imagem que ele ia passar... O que eu sentia pouco importava. Foi deixando de importar... E eu me acostumei com isso. Com esse relacionamento que aparenta ser perfeito, mas que não me faz bem. Com esse namorado que diz que me ama, mas que não me faz sentir amada.

Em que momento eu perdi minha voz? Em que momento eu deixei de ter atitude? Em que momento eu me perdi tanto assim dos meus princípios? Em que momento eu deixei que outra pessoa dissesse o que era melhor para mim? Em que momento comecei a deixar de ser quem sempre fui para me tornar um fantasma, um ninguém, uma sombra? Em que momento eu deixei de acreditar no nosso amor, mas ainda assim, continuei lutando por ele? Como eu fui deixar isso acontecer? Sério!

Eu só queria mudar toda essa história e ser feliz, sabe? Como as princesas são no final dos filmes. Ou só ser feliz, nem precisa ser como uma princesa.

Eu só queria sorrir e não ter motivos para parar.
Só isso.

Meu celular vibra e me tira dos meus pensamentos, me trazendo de volta à realidade.

Pedro Miller:
e aí branquela, você tá bem? :P

12:41

Uma coisa sobre o Pedro: ele aparenta ter um radar de tudo que se passa no meu coração. Toda vez que aperta aqui dentro, ele manda uma mensagem perguntando se eu estou bem. Ele devia ser médium, intuitivo, empata, ou sei lá a nomenclatura que se dá pra pessoas assim. Isso não podia ser coincidência.

Leio a mensagem mais uma vez. Se eu estou bem? SE EU ESTOU BEM? Eu estou *péssima*. Um lixo. Sou só o cocô da mosca que pousou no cocô do cavalo do bandido. Eu poderia parar no meio desse restaurante e gritar até todas as taças de cristal se espatifarem, de tão mal que eu estava me sentindo. Mas eu continuava sorrindo e acenando, por algum motivo estranho. Talvez Gustavo tenha instalado um chip em mim e tenha o controle das minhas ações. Por isso, eu estava agindo como uma completa idiota.

Ao menos essa era uma boa explicação.

Isabela Freitas:
ah... tô. tô sim. e vc?

12:41

Pedro Miller:
isa... o que houve?
tá tudo bem mesmo?

12:42

Isabela Freitas:
nada. relaxa.
só uma discussão besta com o gustavo.
aquelas coisas de sempre.

12:43

Pedro Miller:
ei, não fica mal. sério. não era hj que vcs iam comemorar um ano e não sei quantos meses de namoro?

12:44

Isabela Freitas:
é. era. 1 ano e 9 meses pra ser mais exata.

12:45

Pedro Miller:
mas vcs brigaram feio? como assim???

12:45

Isabela Freitas:
não brigamos feio... nem brigamos...
só uma coisinha mesmo que me
incomodou no almoço, mas tá td bem.
eu que não tô legal :(
não sei explicar. sentindo uma angústia
dentro de mim.

12:46

Pedro Miller:
poxa, branquela... eu odeio te ver assim :(:(:(
corta o meu coração.

12:46

Isabela Freitas:

o meu já tá mais que cortado </3. desculpa ficar jogando meus problemas em cima de vc. desculpa mesmo. mas é que a amanda já tá com raiva de mim, e eu simplesmente não tenho mais ninguém pra conversar além de vc... :(vc foi tudo que me restou.

12:47

Pedro Miller:

Digitando...

12:47

Pedro Miller:

isa, vc pode falar TUDO comigo, entendeu? TUDO.
não tem que se desculpar... não mesmo!
o que eu posso fazer por vc? quer assistir a um
filme no cinema hj à noite?
se bem que eu acho que vc não vai querer sair
de casa, né... podemos jogar alguma coisa on-line até a
hora de dormir... ou ficar vendo vídeo de pegadinha
no skype! hein? hein? o que vc quiser a gente faz :)

12:48

O fato de ele dizer "acho que você não vai querer sair de casa" me atinge como um soco. Em que momento eu virei uma presa dentro da minha própria casa? Pois era isso que estava acontecendo. E até meus amigos, quer dizer, meu único amigo, sabia disso.

Isabela Freitas:
pegadinhas? acho que pegadinhas podem me animar hehe :P

12:48

Pedro Miller:
vc e suas pegadinhas… >.< mas tá. hj pode. hj vc que manda!

12:49

Pedro Miller:
combinado?

12:49

Isabela Freitas:
combinado.

12:50

Pedro Miller:

vai lá curtir seu almoço e depois a gente se fala, tá? fica bem, branquela. eu tô aqui. não esquece...

12:50

Isabela Freitas:

mais tarde te mando mensagem! brigada por TUDO. vc é o melhor de todos.

12:51

Pedro Miller:

eu sei... ;)

12:51

Pedro Miller:

vc tb é a melhor de todas, isa.

12:52

Respiro fundo. Ler uma coisa dessas, na situação em que estou, embrulha meu estômago. Eu não me sinto a melhor de todas. Na verdade, no momento, não me sinto boa em nada.

Meu relacionamento é um fracasso. Minha melhor amiga está com raiva de mim. Olho para a foto que tenho guardada em um álbum escondido no celular. A foto que tiramos no parque, eu, Amanda, Pedro. Eu era tão feliz, tão cheia de mim... E Amanda do meu lado. Nossa. Como eu queria voltar para esse dia e consertar tudo. Dizer para o Gustavo que eu havia mentido, deixar que ele surtasse comigo e percebesse ali que ele não era quem fingia ser. Ah! Queria muito! Atualmente a única pessoa que ainda se importa comigo é o Pedro, porém ele não sabe nem 30% do que acontece comigo.

Gustavo diz que me ama, mas só me critica e me coloca pra baixo. Minhas notas na faculdade estão despencando, e eu, que sempre fui a melhor da sala, estou perigando repetir nada mais nada menos do que TODAS AS MATÉRIAS.

Eu não sou a melhor.

Eu tenho sido a minha pior versão por tempo demais.

— Conversando com quem? — Gustavo corta seu peixe lentamente e nem levanta os olhos para me fazer a pergunta.

Mais um dia normal na minha vida.

— Com o Pedro.

Dou de ombros e tento empurrar mais um pouco da comida que não descia por nada. Convenhamos, essas comidas de rico são horríveis. Eu daria tudo para comer um McDonald's nos nossos aniversários de namoro. Mas não... McDonald's não é bom suficiente, eu merecia mais. Era o que dizia Gustavo. Eu merecia muito mais do que um cheeseburger: pão, carne e queijo... Merecia um salmão seco, com umas folhinhas de alecrim jogadas por cima. Ele nunca, tipo *nunca*, fez algo que *eu* queria nas vezes em que saíamos para comemorar. Era sempre o que ele achava que era o melhor para mim.

Sempre.

— Hum. Ele não fica falando *merda* na sua cabeça sobre o nosso relacionamento não, né? — Agora, ele sorria, mas algo me dizia que por trás desse sorriso continha uma ameaça.

— Como assim, Gustavo? — Pouso meus talheres no prato.

— Ué, aquela sua amiguinha, Amanda, vivia falando pra você terminar comigo, sei disso porque li os absurdos que ela te mandava... Você lembra, né...?

E como eu esqueceria? Como esquecer do dia em que ele simplesmente pegou meu celular enquanto eu estava tomando banho e leu toda a minha conversa com a minha melhor amiga? Eu contei sobre alguma briga que tínhamos tido mais cedo e ela mandou umas vinte mensagens que diziam "larga desse idiota". Amanda estava simplesmente cansada de me ouvir reclamar sobre o Gustavo, e eu entendo totalmente o lado dela.

Já com o Pedro, eu nunca fui muito de falar abertamente sobre tudo que acontecia no meu relacionamento, até porque, conhecendo bem meu amigo, sei que ele faria pior do que me mandar mensagens falando para largar o Gustavo, e eu não queria que Gustavo o odiasse também. Mas, depois desse dia que o Gus leu as mensagens da Amanda, minha vida virou um inferno. Porque a Amanda passou a não suportar mais o meu namorado e o meu namorado não suportava mais minha melhor amiga.

E, para completar: éramos todos da mesma sala na faculdade.

Então, sem ver solução alguma, e com medo de perder os dois, eu, encarecidamente, pedi para minha melhor amiga fingir que estava brigada comigo para que meu relacionamento continuasse a fluir. Só nos horários de aula, sabe? E no meu tempo livre nós podíamos continuar nossa amizade...

Eu sei, fui ridícula e, sinceramente, não me orgulho nada disso. Eu estava desesperada. Precisava contornar uma situação e não via saída alguma, a saída que eu encontrei foi conversar com a parte mais flexível da equação... Minha melhor amiga. De início ela até topou me ajudar, mas, no fim das contas, acabou brigando comigo de verdade. Ela não suportava me ver ao lado de alguém como o Gustavo e deixava isso bem claro em todas as nossas conversas. Amanda é racional demais para acreditar que um cara como o Gustavo um dia mudaria, e eu era emotiva demais para decretar que meu relacionamento estava fadado ao fracasso havia algum tempo...

Eu acreditava no amor, poxa vida!

"O dia que você acordar dessa loucura, me procura. Eu cansei." Essas foram as últimas palavras de Amanda Akira para mim. Não vou mentir, doeu muito. Doeu porque: 1) eu sabia que estava em um relacionamento ruim, mas eu não sabia como sair dele; 2) eu gostava do Gustavo e, de alguma forma, me sentia um pouco refém desse sentimento, ou seria refém *dele*? Não sei dizer; 3) eu queria ter forças para sair desse relacionamento, *queria mesmo*, mas minhas forças eram drenadas todos os dias, e quanto mais o tempo passava, mais imersa nessa situação eu me sentia; 4) é, eu devia estar meio perturbada. Era uma explicação plausível para tudo que estava acontecendo comigo.

— Lembro sim, *amor*. Mas já passou... — Relembrar a Amanda abre uma ferida dentro do meu peito. Não tinha um dia em que eu não abria a conversa dela para ver se estava on-line ou olhasse por alguns minutos para nossa foto no parque. Como eu sentia falta da minha japonesa do meu lado... — Relaxa, eu não falo nada do nosso relacionamento pro Pedro, pode confiar.

Em parte, era verdade. Eu realmente nunca fui de falar nada do meu namoro para o Pedro. Eu falava que estava triste às vezes, mas nunca contava o motivo. Não sei se o sexto sentido de melhor amigo fazia com que ele soubesse o que se passava comigo, mas eu o afastava da realidade sempre que podia. Sei que o Pedro nunca suportaria o fato de eu continuar me relacionando com um cara que me "maltratava". Pedro cuidava de mim como se eu fosse uma irmã para ele.

— Até porque, pelo que você fala, esse Pedro nunca namorou... Ele sentiria inveja do nosso relacionamento. E inveja não é um sentimento bom. Você não deve alimentar isso.

Inveja do nosso relacionamento? O Pedro? Rá-rá. Acho que nem a pessoa mais solitária do mundo sentiria inveja do nosso relacionamento no momento atual.

— Sim, sim... Sei disso.

Tá vendo? Eu me pegava concordando o tempo todo com coisas que eu nem concordava. Meu Deus, o que eu estava me tornando? Cadê a Isabela? Cadê aquela euzinha que eu conheço tão bem? Onde encontro outro exemplar de mim mesma para comprar?

— Você sabia que eu te amo? — diz ele.

Este é um dos momentos bons. Viu? Eu disse que eles existiam. Um pouco fracos, sem força para sustentar algo, mas estavam ali. Em meio a tantos momentos horríveis, tinha algo bem pequenininho ao que me agarrar. Como um náufrago que encontra um pedacinho de madeira que restou da sua embarcação e se agarra a ele como se fosse a coisa mais importante da sua vida.

— Também te amo, Gus. — Dou um sorriso forçado, meio triste... Triste comigo mesma por ter chegado a esse ponto.

Então ele segura minhas mãos, dá um beijo e pede a conta.

A sensação de que tudo ficaria bem sempre vinha para iludir, para dar esperança, para tentar me fazer acreditar no nosso amor.

Mas a esperança não durava muito, porque logo, logo, ele arrumaria algum motivo para me colocar pra baixo.

De novo.

E de novo.

Cada vez mais fundo.

CAPÍTULO 9
Não deixe seu brilho se apagar

Hoje está sendo um dia atípico na minha rotina monótona. Para começar, eu acabei cruzando com a Mandy no banheiro feminino e, tudo bem, nós duas nos encontrávamos o tempo todo nos corredores da faculdade, já demos algumas trombadas no meio da sala de aula também, mas sempre com muita gente em volta. Eu ainda não tive a oportunidade de encontrá-la sozinha. Cara a cara. Sem mais ninguém olhando e observando, afinal, o Gustavo sempre estava na minha cola. Bastava a presença dele para melar qualquer chance de uma conversa franca com a Mandy. Um sorrisinho, um olhar, uma reaproximação que seja.

Eu estava apertadíssima para fazer xixi (se manter hidratada faz bem para a saúde, mas, às vezes, é impossível segurar) e já entrei no banheiro feminino da faculdade de Direito escancarando a porta da primeira cabine que vi pela frente com a calça meio abaixada, já quase preparada para as vias de fato, se é que vocês me entendem. O que eu não esperava era encontrar a Mandy sentada no vaso sanitário, pasmem, chorando. Pois é. Minha melhor amiga, que nunca chora, que é sempre racional, que está sempre com uma cabeça tão boa... estava se afundando em lágrimas. Eu fiquei sem reação. Ela olhou para mim, eu olhei para ela, o xixi avisou que estava vindo, mas eu querendo consolar minha amiga... acabei esquecendo do xixi.

Sim. Pois é.

Eu fiz xixi na calça. E MINHA MELHOR AMIGA PRECISAVA DE MIM! Amanda estava com os olhinhos pequenos vermelhos de tanto chorar, esfregou as mãos uma na outra e me deu um sorriso sincero.

Poxa vida, que saudade eu sentia da minha melhor amiga.

— Mandy, eu quero te abraçar, sério, mas acho que você não vai querer me abraçar na minha situação, né?

Olhei para minha perna toda molhada, a calça jeans clara manchada, meu Deus, que situação. Essas coisas definitivamente só acontecem comigo!

Porém, para minha surpresa, ela se levantou de onde estava e me deu um abraço apertado. Ficamos uns trinta segundos abraçadas, os corações acelerados. Eu estava muito arrependida de um dia ter pedido para que ela fingisse estar brigada comigo, muito mesmo. E ela também deve ter se arrependido de ter virado a cara para mim, até porque... né? Mesmo se um dia eu acabasse me tornando a pessoa mais insuportável do mundo, eu gostaria que minha melhor amiga estivesse ao meu lado tentando me salvar.

Mas, claro, eu entendo o lado dela, mais até do que o meu. Entendo muito.

Ter empatia é se colocar no lugar do outro, é tentar acessar a mente de uma pessoa, analisar o que ela já passou na vida, o que ela valoriza, seus princípios, e tentar entendê-la. Mesmo que essa pessoa pense diferente de você, mesmo que vocês discordem quando opinam sobre algo, entender o outro nunca vai ser algo impossível de se fazer. Basta você se abrir para isso. Simples assim. Por anos e anos, eu tive discussões infinitas querendo definir quem está certo e quem está errado em alguma situação. Se eu me considerasse certa, o outro automaticamente estava errado, e não merecia atenção nenhuma da minha parte. Que radicalismo besta... Isso não nos leva a uma solução e nos faz andar em círculos, sem conseguir resolver um problema, ou pior, nos torna hesitantes, porque ao menor sinal de faísca, você acaba fugindo: "Ah, se ele não consegue admitir que está errado, então tô fora. Pois sei que estou certa."

E aí, quando você menos espera, acaba se tornando uma pessoa que não sabe lidar com nada que não seja consonante o tempo todo. Uma pessoa que não sabe lidar com rejeição, com opiniões diferentes, com visões diferentes. O único mundo que vale é o mundo visto pelos seus olhos. Nada que não seja a sua visão de mundo é válido.

O que você ganha quando o outro admite o erro? E o que você ganha estando certo? Entende aonde eu quero chegar? Isso não tem importância alguma. Se você se magoou, o outro tem que se colocar no seu lugar e pedir desculpas, mesmo que ele tenha certeza absoluta de que está certo. Se você magoou alguém, mesmo achando certo o que fez, seria legal pedir desculpas também. Porque você feriu os sentimentos dessa pessoa.

É o responsável pelo machucado no coração dessa pessoa que estava na sua vida.

Não importa se você está certo ou errado, é importante levar em consideração como você fez o outro se sentir.

E eu, com minhas experiências, quero (quase) sempre fazer as pessoas se sentirem bem ao meu lado. Pouco importa se no final das contas eu vou ser a certa ou a errada, mas sei que eu vou ser aquela pessoa que causou um sentimento bom no coração de alguém. Vou ser aquela que pede desculpas, que enxuga as lágrimas, que pergunta o que pode melhorar. Vou ser alguém que se importa com o que o outro sente e não somente com os meus sentimentos. Foram anos e anos para conseguir mudar isso dentro de mim, admito, sempre fui muito egoísta, muito mesmo! Mas eu mudei, porque já dizia Raul Seixas: "Eu prefiro ser essa metamorfose ambulante do que ter aquela velha opinião formada sobre tudo." Estou sempre mudando, nunca serei a mesma. E que bom! À medida que vivenciamos experiências, sejam elas boas ou ruins, temos que aprender a sempre tirar a melhor lição possível. E eu percebi que discussões intermináveis sobre estar certo ou errado não me levavam a nada. E que ficar com raiva só porque alguém não agiu da forma que considero certa era desgastante. O orgulho não me trouxe nada, apenas me deixou sozinha com tudo o que poderia ter sido, mas que, por orgulho besta, não foi. Se colocar no lugar do outro não é para qualquer um, afinal, isso nos torna mais humanos, nos despimos por completo, e deixamos que o outro veja lá dentro.

Levem isso com vocês: o ideal é procurar sempre a solução e não ressaltar o problema já existente. Isso mudou a minha vida, e pode mudar a sua também...

— Mas Mandy... Por que você está chorando? Aconteceu alguma coisa? — pergunto, curiosa, enquanto tento secar em vão minha calça naquelas maquininhas de secar as mãos.

Mandy tira seu casaco de moletom e estende para mim.

— Toma, Isa. Amarra isso na cintura e pede ao Pê para te levar em casa, ou o Gustavo... sei lá. Acho que você não vai querer contar esse episódio pro Gustavo, né? — insinua ela, franzindo as sobrancelhas.

Eu entendi o que ela estava querendo dizer.

— Olha, primeiro eu quero saber por que você está chorando... — Pego o moletom e amarro na cintura. — E, obrigada, Mandy, eu amei esse moletom roxo. Ninguém vai notar que eu estou toda molhada por baixo.

Dou um sorriso encorajador e não recebo nada de volta. Quero ver minha amiga bem, droga. Por que estive ausente por tanto tempo? Caramba. Como pude permitir que isso acontecesse? Como pude ser tão idiota? É sério?

— São meus pais, Isa... Eles têm brigado muito ultimamente, tenho me sentido desamparada, entende? Dentro de casa não tenho paz, é gritaria o tempo todo... Outro dia minha mãe ameaçou até chamar a polícia para tirar o meu pai de casa... Não entendo... Eles sempre se deram tão bem... E agora isso! E ainda por cima chego aqui na faculdade — ela me olha como quem pede desculpas pelo que iria falar em seguida — e não tenho mais você ao meu lado, minha melhor amiga... Não quero te culpar nem nada, mas você faz muita falta. Muita mesmo. O Pedro continua lá e cá, afinal, é o Pedro Miller. Protetor, carinhoso, compreensivo. Ele nunca abandonaria nenhuma de nós duas... Mas falta você. Somos os três mosqueteiros, poxa! — Meus olhos se enchem de lágrimas. — A sensação que tenho é de que está tudo desmoronando na minha vida, sabe? E, para completar, hoje eu tirei minha primeira nota abaixo de sete na faculdade. Você acredita? E logo em História do Direito! Eu sou um trem descarrilhado, Isa, e nunca fui um trem descarrilhado. Sempre mantive tudo em ordem. Não estou sabendo lidar com isso. Não mesmo.

Dou um suspiro demorado. Isso é verdade. O caos e a bagunça sempre fui eu. Amanda é a pessoa que aparece com soluções. E pensar que minha melhor amiga está passando por todos esses problemas dentro de casa enquanto eu estou tentando ser feliz para sempre com alguém que nem me faz mais feliz. Chame do que quiser, coincidência, destino, espíritos protetores, mas algo mais forte nos uniu nesse banheiro.

— Mandy, eu tô aqui com você de novo e nada vai mais nos separar. — Seguro as mãos pequenininhas dela e aperto forte. — Te prometo. — Os olhos dela também se enchem de lágrimas. — Quanto aos seus pais, você precisa entender que antes de eles serem seus pais, são também humanos, namorados, um casal... Eles têm problemas assim como todo casal. É que quando são os nossos pais, nós acabamos colocando uma bolha de perfeição em torno deles, e achamos que eles não podem discutir, discordar, nem brigar... Mas isso é supernormal. Já houve épocas em que meus pais não aguentavam se olhar, e no final se ajeitaram... Quando eles começarem a brigar, coloca um fone de ouvido, vai ler um livro ou liga pra mim! Vai lá pra casa! Sabe que você é sempre bem-vinda, né? Minha mãe ama você. — Os olhinhos dela se enchem de esperança. — Essa nota baixa aí... Bem, na próxima prova você compensa. Sei disso. Você é a melhor da sala. E quanto a sua melhor amiga, repito, ela não vai mais a lugar algum. Vou ficar aqui e daqui ninguém me tira.

— Você jura? — Ela faz beicinho e ameaça cair no choro de novo. — Meu Deus, eu me tornei quem eu mais temia... Você! — E então dá uma risada gostosa pela primeira vez no dia.

— Ai, ai. E quem diria que eu seria a voz da razão um dia, hein? Hein? Hein? — Faço uma comemoração besta para implicar com ela.

— E você está bem, Isa? — Mandy faz a pergunta que não quer calar.

— Estou, sim — minto.

Quantas vezes não guardamos nossas tristezas para ajudar um amigo? Ou para parecermos mais fortes do que realmente somos? Ou para continuarmos a fingir que somos felizes, porque fingir é muito melhor do que admitir que você está um caco?

— E você vai na festa de fim de ano do Direito que vai ter hoje na Fazenda Azul? — pergunto a ela.

— Eu, não... Você vai? Lógico, né? Gustavo não perde um evento social. — Ela revira os olhos.

— Eu vou... Vamos?

Ela se surpreende com meu convite.

— Você quer ir... comigo?

— Lógico, ué! Você é minha melhor amiga.

— Mas... E o Gustavo?

— Ah, que se dane. Ou ele aceita nossa amizade ou nada feito — afirmo.

Amanda se espanta com minha reação, claro.

— Vamos juntas — prossigo. — A gente faz uma entrada triunfal, coisa e tal, como nos filmes! O tema é neon, sabe? Vai ter luz negra e tudo mais, então, podemos fazer maquiagens neon combinando, a gente poderia escrever B1 na minha bochecha e B2 na sua, sacou? Bananas de pijama! Bffs forever? — Amanda faz uma cara de desaprovação. — Ok, podemos ficar só com a entrada triunfal mesmo.

— Isso. Entrada triunfal e amigas para sempre. — Ela me empurra para fora do banheiro e acrescenta: — Vai pra casa logo, Isa. Seu xixi está fedendo muito. Socorro!

Puxo ela junto comigo e saímos dando boas gargalhadas do banheiro.

— Ah, para vai... Meu xixi tem um cheirinho delicioso!

Despeço-me da minha amiga e vou em direção ao estacionamento. Sabia que ele já estaria lá.

Avisto o Ford Mustang preto 1967 estacionado na vaga de sempre. Debaixo do antigo carvalho, na última vaga, no fundo do estacionamento. Ele dizia que gostava de estacionar ali porque

1) sempre fazia sombra, porque assim toda vez que ele entrasse no carro ia estar fresquinho; 2) era melhor para dormir entre uma aula e outra, pois ninguém gostava de estacionar ali, já que era meio longe do prédio principal; 3) às vezes dava para ver esquilinhos pedindo comida perto da árvore.

Devo dizer que eu nunca vi os tais esquilinhos.

— Ei, ô de casa! — Bato no vidro da janela, na tentativa de acordá-lo.

Pedro Miller estava com o banco do carro todo deitado, os dois pés apoiados no volante, ao som de "Blood Brothers", do Iron Maiden, dormindo como um bebê. Como eu queria ser assim às vezes. Não me importar com nada e só tirar um cochilo ao som de um bom e velho rock'n'roll, enquanto deveria estar na aula de Direito Constitucional.

Ele nem se mexe.

— Pedroooooo!!! — Bato novamente na janela, agora com mais força. — Pedro Miller, uhuuu!!!! ACORDA!!!!!

Nada.

Resolvo apelar. Vou em direção ao capô do carro e dou um tapão no tampo. Arrá. Eu sabia que funcionaria, isso sempre funciona. Pedro se levanta do banco do carro procurando assustado o motivo do barulho e me olha curioso, tentando entender o que está acontecendo. Ele abaixa os vidros, coloca a cabeça para fora e fala:

— Aconteceu alguma coisa, branquela? Não vai me dizer que tem prova surpresa de novo... — Ele se ajeita dentro do carro, abaixa o espelho do motorista e começa mexer no cabelo bagunçado, que nunca estivera realmente penteado.

— Na verdade, estou precisando de uma carona. — Enfio a cabeça dentro do carro. — Será que você poderia me ajudar, dorminhoco?

— Claro! O quê... Cadê o Gustavo...? — pergunta ele, surpreso.

O fato de eu estar no estacionamento sem o Gustavo na minha cola é uma miragem para quem acompanha o nosso namoro. Eu sei. Parece que todos têm medo de ficar perto de mim sem que meu namorado esteja por perto. Sei que a culpa não é do Pedro ou da Amanda, por se espantarem ao me ver sozinha. A culpa é toda minha, pois fiquei tão fissurada nesse namoro que acabei passando a imagem de que eu só poderia existir se o Gustavo estivesse ao meu lado. Como se eu não fosse forte o bastante para definir o que quero e quem eu sou, como se não pudesse guiar meu próprio destino e todas as decisões da minha vida envolvessem o meu namorado. E sabe o que é pior? É não conseguir me dar conta de quando foi que isso aconteceu, de quando eu comecei a permitir que isso acontecesse. É como se eu estivesse esse tempo todo em transe e, agora, finalmente, tivesse acordado.

Que loucura.

Como nos perdemos de nós mesmos tão fácil assim?

Quando nascemos, nasce com a gente uma estrelinha. A nossa estrelinha. Temos que cuidar para que ela nunca se apague, e alimentá-la sempre com sentimentos bons, para que ela brilhe cada vez com mais intensidade. E me diz... como que a gente entrega nossa estrelinha na mão dos outros e deixa que alguém cuide daquilo que é nosso? A nossa estrelinha é nossa e apenas nossa. Ela que nos faz brilhar, ela que nos faz únicos. Podemos conceder um pouquinho de brilho da nossa estrelinha para a estrelinha de outra pessoa, a fim de evitar que algumas estrelas se apaguem. Mas nunca devemos apagar a nossa estrelinha para que o outro brilhe mais. Nunca devemos colocar nas mãos de outras pessoas o poder de esconder nossa estrelinha no fundo do armário para que ela nunca mais saia e não ilumine mais as nossas vidas. Confesso que a minha estrelinha estava presa, perdida, jogada por aí. Deixei que ela caísse em algum momento e não fui atrás dela. Porém, agora consegui perceber o quanto meu brilho estava se extinguindo. E o quanto eu precisava recuperar o controle.

Recuperar a minha estrelinha. Para brilhar novamente.

— Sei lá. — Dei de ombros e fui até a porta do carona do Ford. — E então, vai abrir a porta pra sua melhor amiga ou não?

Ele se estica todo e puxa a trava de segurança da porta, liberando minha entrada. Me acomodo no banco do carona e dou um sorrisão. Pedro, me observa curioso e devolve o sorriso.

— Estamos felizes hoje, hein? — Ele franze o nariz, sentindo o cheiro desagradável da minha calça. — E bem cheirosas também, devo ressaltar.

Reviro os olhos.

— Para o seu governo, eu já tive dias piores. — Olho para minha calça molhada. Então em seguida me justifico: — Encontrei a Amanda no banheiro chorando e eu estava super, tipo, muito apertada mesmo. Pra fazer xixi, você entendeu, né? Ah, peraí. Foi o contrário! Eu estava apertada para fazer xixi antes de encontrar a Amanda no banheiro! Mas aí encontrei com ela, na primeira cabine, e eu já estava tipo de calça abaixada... — Pedro nem pisca. Está de boca aberta, tentando entender a história. — Nisso, ela estava chorando, tipo, chorando mesmo. A Amanda, você acredita? — Ele assente, como se já soubesse da história. Resolvo continuar, apesar de achar que ele deveria ter me contado. — Então, eu acabei ficando nervosa, xixi, Amanda, a falta de um vaso sanitário e de uma calcinha pra segurar o xixi... E aí ele veio com tudo. O xixi, no caso. Mas no final das contas eu e Mandy conversamos, como você pode perceber, estou com o casaco dela e acho que voltamos a ser amigas. É. É isso. Acho que estou feliz. Mas cheirosa não devo estar mesmo. — Ele levanta a sobrancelha esquerda. — E é aí que você entra. Preciso de uma carona pra ir pra casa, porque não tenho coragem de pegar o ônibus toda molhada e muito menos de ir falar com o Gustavo, porque bem... Eu não tô a fim.

— Não tá a fim de falar com o Gustavo? — Ele me encara com os olhos azuis semicerrados, analisando.

— Não. Hoje à noite temos a festa do neon também, a gente vai acabar se encontrando lá — desconverso.

— E você e a Mandy voltaram a se falar mesmo? Caramba! Que felicidade, Isa... Eu não aguentava mais ver vocês duas sem conversar... Não sou muito de me intrometer nessas questões, acho que o tempo sempre nos mostra o que veio para ficar e o que nunca deveria ter ficado, mas vocês duas, com certeza, são as pessoas que eu quero que fiquem. E estar no meio desse fogo cruzado... Olha...

— Sei que não foi fácil. — Coloco a mão nas dele. Nossa. Não sei se minhas mãos eram geladas demais ou se as mãos do Pê eram muito quentes. — Me desculpa por isso. Me desculpa por ter sido uma idiota esse tempo todo... Eu... — As lágrimas começam a querer vir. Não, não. Seja forte, Isabela. Uma mulher madura e decidida. Você consegue. — Eu tenho errado muito com as pessoas que eu amo. Muito mesmo. Com você, com a Mandy, com meus pais, comigo mesma... Demorei a perceber isso, mas acho que agora consigo enxergar com mais clareza... Eu sei que pareço feliz, que pareço estar bem... Mas aqui dentro está tudo uma bagunça.

Pedro afasta os cabelos do meu rosto e segura com firmeza o meu queixo.

— Branquela, você não tem que me pedir desculpa por nada. Fica tranquila. Eu estou do seu lado para o que der e vier, já te disse isso, lembra? Não arredo o pé. Mesmo que você grite, esperneie e me mande pra longe — ele respira fundo antes de continuar —, e tá tudo bem em se sentir uma bagunça... A vida é assim mesmo. Às vezes, perdemos o controle de tudo e nada parece fazer sentido... Porém, mantenha sempre as pessoas que gostam de você ao seu lado, porque elas vão te levantar mesmo quando tudo o que você deseja é continuar no chão. — Ele passa novamente a mão nos meus cabelos e dá um sorriso que dizia "vai ficar tudo bem".

Ok. Não preciso nem dizer que as lágrimas começam a cair descontroladamente no meu rosto. Se antes eu estava molhada de xixi, agora, eu ficaria molhada de tanto chorar. Tudo que eu guardei esse tempo todo deságua aqui, no carro do meu melhor amigo, Pedro Miller.

Sei que eu não deveria estar tão carente e emotiva assim, mas o menor sinal de carinho do Pedro me emociona de uma maneira indescritível. Vamos aos fatos: 1) eu não recebo um carinho assim há tempos, sim, um simples toque no queixo com olhar de compreensão ou um afago no cabelo... Acredite. Eu nem sei mais o que é isso; 2) eu já não me sinto digna de um carinho assim, já que tudo que o meu namorado faz 30% do tempo é me beijar no automático e nos outros 70% me criticar sobre tudo que eu faço, logo, tenho me achado a pior pessoa do mundo; 3) tudo que eu tenho são palavras. "Te amo, faço tudo por você, você é a mulher da minha vida, vamos casar" e blá-blá-blá. Mas atitudes de amor? Zero. Nenhuma. Já o Pedro não precisa falar que me ama para eu saber que ele me ama. As atitudes dele mostram isso. O cuidado, o carinho, o perdão sem pedir nada em troca. Até a Amanda! Logo ela, que foi a mais prejudicada na história e que sofreu com minhas atitudes inconsequentes... Em instantes ela me perdoou e estendeu a mão para me ajudar. Amor é isso. E o amor me emociona, ainda mais em um momento em que me encontro tão frágil... Cada dia mais, percebo que, durante todo o tempo em que procurei o amor, com certeza procurei nos lugares errados e nas pessoas erradas.

Está tudo errado.

Tudo.

Mas eu iria consertar tudo que fiz.

— Obrigada, Pê. Eu não sei o que faria sem você. Sério. — Enxugo minhas lágrimas e o encaro. — Assisti a todas as temporadas de *Lost* recentemente, e na série tem um personagem que se chama Desmond. Ele é o meu preferido, sabe... Vou te contar a história dele pra você entender aonde eu quero chegar... — Ele se vira no banco para me observar melhor, com a cabeça apoiada nas mãos. — Desmond se torna um viajante do tempo devido a uma explosão que aconteceu na ilha. Mas quando uma pessoa viaja pra frente e pra trás no tempo, precisa de uma constante, no caso uma pessoa que ele escolhe, para servir de ponto de referência nessas viagens do tempo, alguém que vai ajudá-lo a parar esse loop de viagens entre realidades diferentes. — Respiro fundo e continuo a palestra. — Se essa constante não é encontrada, as oscilações de tempo se tornam mais frequentes e caóticas, levando até a morte da pessoa. Falei isso tudo só pra dizer que — abro um sorriso — com certeza você é a minha constante, Pedro Miller. Entre todas as minhas fases, minhas loucuras, meus altos e baixos, minhas "viagens", você é a "coisa" mais estável. Não gosto de inflar seu ego, que já é elevado — ele revira os olhos, convencido e orgulhoso com o que tinha ouvido —, mas eu precisava dizer isso.

Suspiro.

— Você também é a minha constante, branquela. — Ele liga o carro fazendo o motor roncar, e então começa a dar marcha a ré devagarinho para sairmos da vaga sob o carvalho.

— Mesmo eu sendo essa amiga instável e meio doidinha? Que tipo de constante eu sou? Só se for a sua *dor de cabeça constante*, isso sim.

Ele sorri mordendo o lábio e continua dando marcha a ré.

— Tá vendo esse sorriso nos meus lábios? Você é a minha constante de felicidade, branquela.

Tudo aquilo que quer impor, quer te mudar e quer te prender não é amor.

CAPÍTULO 10

Como ser feliz para sempre, se eu não sou feliz agora?

Após o fatídico episódio do banheiro, Pedro Miller me deixou sã e salva (e fedendo) em casa. Cheguei já jogando a mochila no sofá e fui direto para o banho. A casa estava vazia, e eu podia colocar minhas músicas sem meu irmão implicar por eu escutar sempre as mesmas bandas. O que posso fazer se Lifehouse, The Fray, The Script, OneRepublic e LIVE definem a minha vida? Com essas bandas, eu me sinto uma mulher completa. Ou uma garotinha apaixonada. Depende da playlist.

Durante o banho, pensei em um milhão de possíveis rumos que a minha vida tomaria daqui para a frente. Primeiro, eu definitivamente precisava comprar um condicionador novo. Eu tinha colocado água e agitado a embalagem nos últimos sete dias, e agora não havia técnica que salvasse mais o restinho que ficou no fundo, exatamente porque não tinha mais restinho algum. Segundo, eu começaria a praticar meditação a partir de hoje. Estou decidida a ter mais autoconhecimento e a entender melhor meus sentimentos. Quer um caminho melhor do que a meditação para ler e entender sua própria mente? Ter um momento no dia para olharmos para dentro de nós? Todos sabemos que olhar para dentro de nós mesmos não é nada fácil. Dói pra caramba. É um processo demorado, desgastante e, por vezes, angustiante. Mas uma hora a gente precisa olhar para a bagunça que deixamos se instalar do lado de dentro e tentar dar uma ajeitadinha. Não adianta fingir que problemas não existem, que estamos felizes com nossas escolhas e decisões. A gente precisa aprender a lidar com a infelicidade, com os momentos difíceis e com as fases em que nós nem nos reconhecemos mais.

No caminho de volta da faculdade, pesquisei em alguns sites e aprendi sobre a "meditação do chuveiro", que é uma prática muito fácil e de nível iniciante. O site dizia que essa meditação consiste em deixar a água morna do chuveiro levar todos os pensamentos e energias ruins que você está guardando. Se eu acredito nisso? É claro que acredito! Sou sagitariana, rapaz, eu acredito em tudo um pouco.

Coloquei uma música calma, me concentrei, deixei que a água caísse na minha cabeça e, à medida que meu cabelo ficava encharcado, mentalizei vários pensamentos e sentimentos ruins que eu queria que descessem pelo ralo. Pensei na Isabela que eu era e na Isabela que eu me tornei. Eu não gostava nem um pouco dessa última versão. Pensei em todos os meus sonhos, meus desejos, nas coisas que eu tinha deixado de lado havia algum tempo. Pensei no Gustavo. Pensei em como me sentia quando estava com ele. Um sentimento ruim me subiu pela garganta e deixei que ele fosse embora junto com a água. Pensei no nosso relacionamento. Tentei deixar aquela relação descer pelo ralo também, mas foi como se ela se segurasse na borda, me encarando de volta. *Vai desistir assim? Na linha de chegada? Na última curva? E o seu "felizes para sempre"? E tudo que você sacrificou para chegar até aqui? Vai desistir? MAIS UMA VEZ?*, disse a voz (que não devia ser da minha consciência, porque consciência nenhuma diria para eu insistir nesse relacionamento), com alguma persistência, defendendo com unhas e dentes esse namoro. Quando a voz chegava, minha concentração ia embora. Mas isso tinha que mudar. Respirei fundo, pensando exatamente na resposta certa para aquelas perguntas. Então eu disse para mim mesma:

"Mas como ser feliz para sempre, se eu não sou feliz agora?"

E, assim, percebi que meu relacionamento também tinha ido por água abaixo e descido pelo ralo.

Passei o condicionador anticaspa do meu irmão e saí do banho, decidida a mudar de vida.

Esse lance de meditação é mesmo bom, hein?

Em cima da penteadeira, meu celular estava apitando repetidamente. Gustavo me enviou 57 mensagens nesse meio-tempo em que eu havia encontrado com a Mandy no banheiro da faculdade, feito xixi na calça, reatado a amizade com ela e pedido carona para o Pedro. Sem brincadeira. CINQUENTA E SETE. Que tipo de pessoa manda 57 mensagens pra alguém? As possíveis respostas: 1) uma pessoa louca; 2) uma pessoa totalmente possessiva, ciumenta e controladora; 3) um namorado abusivo que tenta controlar todas minhas ações; 4) o Gustavo, que parece ser tudo isso numa pessoa só.

As mensagens começavam com "Onde você se enfiou?", passavam por muitos pontos de interrogação, uma preocupação excessiva, chamadas perdidas, chantagens psicológicas, para no final terminarem com "Você me deve explicações sobre o seu sumiço hoje. Espero que pelo menos vá a festa da nossa turma. A gente conversa lá."

Duas horas.

Esse foi o tempo em que Gustavo Ferreira ficou longe de mim. Isso é enlouquecedor. Eu não posso me afastar dele nem por algumas horas sem dar satisfação que ele surta. Eu preciso avisar todos os meus passos, e, se não avisasse, "eu devia explicações". Caramba, minha mãe não falava assim comigo nem quando eu tinha meus quinze anos e ia para a festinha das amigas. Ele fala como se fosse meu dono, como se eu devesse algo a ele, como se eu estivesse quebrando alguma regra ao fazer algo sem o consentimento dele.

Eu me sinto completamente presa, da cabeça aos pés. Minhas mãos estão atadas com algemas e meus pés arrastavam correntes pesadas. Dar um passo para longe dele é difícil, muito difícil. Pesa, dói, machuca, arrepia a alma. Eu sabia que as tentativas de me afastar dele por alguns instantes depois se tornavam um martírio digno de filme de terror. Eu teria que explicar, minuto por minuto, o que tinha feito nesse tempo em que "sumi". Eu teria que provar o que fiz e, caso contasse um pedaço da história errada, ou esquecesse de algum detalhe, ele me olharia desconfiado e desconfiaria de todo o resto. Eu gaguejaria, hesitaria e ele se aproveitaria disso para me intimidar. No fim, tudo terminaria como sempre... Eu teria que me desculpar por viver a minha vida, por fazer minhas coisas, por fazer o que me deu vontade na hora "sem lembrar que tinha um namorado". Afinal, ele sempre dava um jeito de inverter a situação. Não bastasse tudo isso, eu ainda teria que implorar por perdão, admitir que estava errada, aguentar o Gustavo emburrado e virando a cara para mim durante um bom tempo... Até que, de repente, ele falaria "Espero que você tenha aprendido sua lição", como se estivesse me fazendo um favor, e então voltaria a ser o meu namorado de sempre.

Por um tempo, Gustavo me fez acreditar que ele realmente estava sendo misericordioso ao me aceitar de volta depois desses meus "grandes vacilos". Ele conseguia me fazer sentir culpada até por ir ao supermercado sem avisá-lo.

Ele sempre dizia: "Mas e se você sofrer um acidente? Como eu fico? Eu fico preocupado, Isabela, PREOCUPADO. Eu preciso que você me avise. Eu te amo. Acha que não me importo com você? Isso é amor. Você nunca namorou? Não sabe se relacionar?"

E eu engolia seco. Não sabia o que dizer. Sim, eu já tinha namorado outra pessoa, e não, ninguém nunca reclamou dessas coisas. Mas as reclamações dele eram incessantes, e eu me perguntava se não deviam ter um fundo de verdade. Ele falava com tanta propriedade, sabe... Então eu implorava por perdão pelas coisas mais bobas. Por colocar um copo de água na mesa de cabeceira dele, por esquecer de avisar que fui ao médico com a minha mãe, por ter demorado a carregar a bateria do meu celular e, consequentemente, ter demorado a respondê-lo, por ter deixado um resto de comida no prato (ele dizia que eu tinha que comer tudo, pois muitas pessoas passavam fome, e eu deixar comida no prato era um absurdo). Coisas que, pensando melhor agora, não fazem sentido.

Amor é liberdade. É deixar o outro livre e amá-lo com todas as suas escolhas e vontades. Sem impor nada. Sem pedir nada. Sem mudar nada. Tudo aquilo que quer impor, quer te mudar e quer te prender não é amor.

Sinto um frio na barriga só de pensar em como será hoje à noite, quando Gustavo me encontrar na Festa do Neon e a Amanda estiver ao meu lado. Não sei como ele vai reagir, o que vai falar. Tentei antecipar os movimentos dele para, assim, planejar os meus. Mas parece que até em pensamento algo me paralisava, me segurava, me mantinha acorrentada...

O medo.

Ultimamente, eu tenho sentido muito medo e, confesso, não é fácil lidar com um sentimento que não te deixa tomar uma atitude.

Você já sentiu medo da pessoa que está ao seu lado? É um barulho interno ensurdecedor. Ao mesmo tempo que seu eu inteligente grita e esbraveja "Ei, você não precisa estar ao lado de uma pessoa que dá medo! Você merece mais do que isso! Isso não é relacionamento! Isso não é vida! Você é livre para fazer o que bem entende! Você é dona de si! Você é capaz! SAI DESSA! Vamos! Eu acredito", o seu eu precavido e amedrontado responde em voz baixa: "Mas e se ele nunca me deixar decidir o que é melhor pra mim? E se ele nunca me deixar falar o que eu penso? E se ele gritar comigo? E se ele me agredir? E se ele nunca me deixar em paz?"

Então, para ter uma falsa sensação de paz, a gente cala a voz inteligente que habita em nós e reza para todos os santos para que a pessoa mude do dia para a noite. A gente reza para que um dia esse medo passe e o pote de ouro no final do arco-íris finalmente apareça. O problema é que não há arco-íris algum nesse tipo de relacionamento. Sei que eu vivo no meio de nuvens espessas e cinzentas. Às vezes, elas trazem as chuvas e as minhas lágrimas e, em outras, trovejam no meu ouvido.

Tenho medo de demorar a responder uma mensagem e ele achar que estou fazendo algo errado de propósito. Tenho medo de encarar alguém na rua sem perceber e ele achar que estou flertando. Tenho medo de comer alguma coisa do lado dele e ele me obrigar a comer até o último grão. Tenho medo de usar alguma roupa que ele não considera "à minha altura" e ter que lidar com a cara de nojo que ele faz. Tenho medo de não contar direito alguma história e ele gritar de volta: "Você não conta nada direito! Explica isso certo!" Tenho medo de contar um caso engraçado sobre algum amigo e ele não aprovar nossa amizade. Tenho medo de não ser suficiente, de não dizer as palavras certas, de não prestar atenção quando ele me pede para prestar atenção em algo. Tenho medo de mexer nas coisas dele e deixar algo fora do lugar, tenho medo do que vou dizer para as pessoas sobre o nosso relacionamento, tenho medo de não parecer feliz ao lado dele e ele perceber... É tanto medo que meu coração acelera.

Me sinto o tempo todo ansiosa, com as mãos suando, enjoada, com falta de ar...

Exatamente como uma presa se sentiria na presença de seu caçador.

Sinto como se estivesse correndo perigo, como se precisasse me proteger de uma ameaça constante. Sei que isso não é amor, está longe de ser. Me disseram que era amor, eu tentei transformar em amor, tentei plantar amor para colher amor... Mas como plantar algo em uma pedra dura e fria?

Enquanto me arrumo, escuto meu irmão mais velho, Bernardo, chegando em casa do trabalho acompanhado do seu mais novo melhor amigo, Gael. Esse garoto parecia ter saído de um filme de surfe, sério. Tinha os cabelos nos ombros, lisos, meio louros e a barba comprida, que dava a ele uma aparência de andarilho. Mas além da aparência descolada, Gael era superinteligente, sabia conversar sobre tudo e era uma grande ajuda para o meu irmão, que estava começando na carreira de médico e precisava mesmo de um amigo que o incentivasse. Gael já é médico oncologista no melhor hospital de Juiz de Fora, e meu irmão está estagiando com ele.

Pela porta, escuto os dois comentando que queriam ir a alguma festa e resolvo convidá-los para a Festa do Neon. Eu tenho dois ingressos sobrando: um do meu acompanhante (que no caso era o Gustavo, mas como éramos da mesma sala, ele também ganhava os dele) e outro do acompanhante da Mandy. Eu digo para o meu irmão que ele pode ir à festa, desde que fosse o motorista da vez. É que o Pedro (que sempre era o motorista) vai beber com a gente. Bernardo aceita sem nem pestanejar, ele nem gosta muito de beber mesmo. A única condição foi que Gael também fosse, como se eu já não soubesse disso. O lance do meu irmão é ficar em um cantinho da festa analisando as pessoas e conversando com os amigos.

É claro que eu queria que meu irmão nos levasse de carro, mas acho que tinha algo além disso. No fundo, eu achava que podia precisar dele por perto. Bernardo é mais velho do que eu alguns anos e somos muito amigos. Muito mesmo. Ele é meu protetor, mas sempre se mostra doce, calmo e sereno. Toda vez que eu tinha um problema na época de colégio era meu irmão quem resolvia a situação, que me acalmava... O que é até engraçado. Lá em casa, é ele o todo grandão. Já eu sou só a baixinha invocada mesmo. Bernardo tem 1,85m, músculos bem-definidos, cabelos castanho-claros e a pele bem clarinha. Ele chama a atenção por onde passa. As pessoas, em geral, pensam que meu irmão é do tipo "brigão", já que acreditam que o estereótipo "fortinho" se encaixa perfeitamente com "cheio de marra". Rá-rá. Mal sabem que meu irmão não machucaria nem uma mosca.

Acho que, nos últimos tempos, Bernardo sabe que algo não está indo muito bem na minha vida. Sei disso porque todos os dias antes de dormir ele bate na porta do meu quarto para perguntar se eu estou bem e me dar um beijinho de boa-noite. E, em vários desses dias, tipo, vários mesmo, ele me pegou chorando abraçada com o travesseiro. Eu fingia que não via meu irmão junto à porta, e ele, em respeito, a fechava em seguida. Mas sempre deixava um bilhetinho no espelho do nosso banheiro no dia seguinte. Ele dizia o quanto me amava, o quanto eu era incrível, o quanto era especial, e que eu podia contar sempre com ele. Me pergunto o que ele pensa sobre tudo isso. Pois, aparentemente, eu vivo um relacionamento perfeito... Meu namorado é fofo, lindo, me ama, quer casar comigo, ter filhos, morar em uma casa com cerquinha branca e tudo mais... Pelo menos, é o que ele posta nas redes sociais e, eu, claro, dou corda.

Vivemos tanto de aparência que nem sei se pessoas próximas entendem de onde vem a minha tristeza. Bernardo deve achar que eu estou ficando deprimida ou algo do tipo, o que não é de todo mentira, afinal, estou mesmo muito mal. Porém, nessa de me afastar de todos que querem o meu bem, eu acabo me afastando também do meu irmão. Ele tenta conversar comigo inúmeras vezes e, poxa vida, isso me corta o coração, pois nós sempre contamos tudo um para o outro, e, de repente, eu não quero contar mais nada. Desde que comecei a me relacionar com o Gustavo eu guardo minhas tristezas dentro de mim; achei que fosse capaz de suportá-las sem precisar colocar para fora, sem precisar machucar as pessoas que me amavam e que queriam meu bem. Eu achei que seria capaz de resolver meus problemas sozinha, mas, aparentemente, não sou.

E é por isso que hoje, ao dar um passo gigante para a minha liberdade e para quebrar as minhas correntes, quero ao meu lado as pessoas em quem mais confio. Tirando o Gael, que eu mal conheço, mas que parece uma versão mais velha do Felipe Dylon, e eu gostava muito do Felipe Dylon quando era adolescente.

Minha cavalaria está formada.

Chegamos à festa e, caramba, acho que esta é a festa mais linda organizada pela galera da nossa faculdade. Como é a Festa do Neon, o pessoal da comissão decidiu fazer na Fazenda Azul, uma propriedade mais afastada da cidade, famosa pelos grandes eventos que acontecem lá. A estrutura da Fazenda Azul é sensacional, com certeza a melhor da região. Tem uma casa principal, que está servindo de apoio para a comissão de estudantes. Lá estão localizados os banheiros, a cozinha e o bar.

Se você quiser comer ou beber algo, basta enfrentar uma das filas intermináveis que ficam em frente à casa principal. Nas opções de comida temos cachorro-quente, batata frita, cheeseburger e tacos veganos. Já as bebidas alcóolicas e afins são cerveja, gim, vodca e energético.

Se você quiser ir ao banheiro, há duas opções: enfrentar outra fila imensa para os banheiros da casa (com vaso sanitário, espelho, pia) ou se contentar com os banheiros químicos que foram instalados na lateral do imóvel.

E, para chegar à famosa pista de dança da Fazenda Azul, é preciso descer por uma trilha estreita no meio das árvores que rodeiam todo o perímetro. Ao longo de toda a trilha, foram posicionadas lanternas coloridas para guiar as pessoas noite adentro. Há também algumas placas com letras de músicas famosas espalhadas pelo caminho. Achei essa ideia o máximo. Esse povo da comissão está de parabéns, viu? Quem diria que nosso dinheirinho suado faria uma festa tão linda?

A pista de dança fica no centro de uma grande clareira em meio aos eucaliptos que cercam toda a fazenda. Parece cena de filme. A noite escura, as árvores que formam uma redoma mágica ao nosso redor, a lua cheia passando lá em cima, por entre os galhos, querendo entrar, e o DJ (desconhecido, claro, não tínhamos dinheiro para chamar o Tiesto) com a música na maior altura, colocando tudo pra tremer.

A festa mal começou e já está cheia. Há três barraquinhas montadas na lateral da pista, uma distribuía tinta neon para pintarmos nosso rosto, outra distribui aquele pó colorido, que a gente pode jogar um no outro, para ficarmos todos coloridos e tal. Por último, mais uma barraquinha de bebida, para que você não precise subir toda a trilha só para pegar um drinque. Claro.

Olho para o meu irmão, que já havia encontrado alguns colegas e batia um papo animado, e digo:

— Vamos pegar as tintas! A gente já volta.

— Tá bom, Isa... Decora onde a gente está e volta pra cá, tá bem? — grita ele no meu ouvido e afaga meu cabelo, desarrumando tudo.

Irmãos mais velhos. Aff. Não entendem que a gente fica horas arrumando o cabelo para não sair nem um fio do lugar.

— Fica tranquilo que eu estou com ela, Bezão... — Pedro dá uma piscadela de *brother* para o meu irmão, passa o braço em volta de mim e me arrasta em direção à barraquinha das tintas.

Olho surpresa para ele, me desvencilhando do abraço.

— Bezão? BEZÃO? Rá-rá. Desde quando você chama meu irmão assim?

— Desde quando eu e seu irmão começamos a conversar, branquela. — Ele dá de ombros, com as mãos no bolso da calça.

— Não acredito que você não está sabendo, Isa — diz Mandy. — Eles são *superamigos* agora.

Olho de um lado para outro, boquiaberta. Pedro dá um sorriso convencido para a Amanda.

— Não somos superamigos... Só sou superamigo de vocês duas. Mas eu gosto dele, o cara é gente boa demais. Temos muito em comum, a gente conversa demais...

Bernardo e Pedro? O que eles têm em comum? O que eles conversam? Quê? Meu Deus, quanto tempo eu fiquei em coma?

— O que vocês conversam? — Talvez minha voz tenha saído mais aguda do que o normal. Ainda bem que "Save the World", do Sebastian Ingrosso, estava tocando bem alto e ninguém notaria minha voz afetada.

— Ué... Muitas coisas, Isa... Não precisa ficar com ciúme. Você ainda é a minha Freitinhas preferida.

— Ciúme? Eu? Ai, Pedro... Você é tão engraçadinho, quase um comediante. Eu só queria entender de onde veio toda essa amizade, só isso.

Cruzo os braços. Eu não estava com ciúme, ou estava? Não, não estava. Era uma simples curiosidade, qualquer um teria. É isso.

— Veio de você, ora bolas, de onde mais poderia vir…? — Ele abre caminho entre as pessoas e, finalmente, conseguimos chegar ao fim da fila das tintas. — Pronto, agora só mais meia hora e poderemos pintar nossos rostos com tintas coloridas e sermos felizes para sempre.

Essa frase me causa arrepios. Meu corpo todo estremece. Lembro do Gustavo, gostaria que ele nunca tivesse existido e que meu relacionamento tivesse sido apenas um delírio coletivo. Começo a olhar apreensiva para os lados, com medo de que ele me veja aqui na fila, sorrindo, feliz, despreocupada, quando eu "deveria" estar procurando meu namorado. Tento afastar esses pensamentos e não deixar que o medo me paralise mais uma vez.

Vamos lá, Isabela, você consegue.

— Que bonitinho vocês serem amigos. Sério, fico muito feliz com isso — digo, por fim.

Uma morena lindíssima se aproxima do Pedro e o cumprimenta com um beijo quase na boca. Depois, ela sussurra algo no ouvido dele, e só consigo distinguir em meio ao sorriso safado do Pedro seus lábios pronunciando "depois, depois…".

Reviro os olhos.

— Eles estão ficando tem duas semanas, Isa — comenta Amanda. — Isso é quase um namoro para o nosso amigo aqui…

— Hummm… Então você está mesmo aprendendo com meu irmão! Bom menino! — Dou um soquinho no ombro do Pedro e sinto seus músculos amortecerem meu punho.

Hoje ele não está com o casaco de couro habitual, Pedro usa uma camisa preta de botões meio folgada, com alguns dos botões abertos, deixando bem pouco do seu peitoral à mostra, mas o suficiente para me distrair. Sei que somos melhores amigos, mas poxa, Pedro Miller era com certeza o cara mais bonito da nossa faculdade. Não tem como negar. Ao mesmo tempo, Pedro é meio sombrio, desligado e, por vezes, muito fechado. Isso afasta um pouco as pessoas, quer dizer, até certo ponto. Porque basta um sorriso do Pedro e pronto. Qualquer um se rende. Ele tem algo mágico, magnético, que envolve.

— Vocês exageram muito... Fiquei com ela algumas vezes, calma lá, meninas... — Ele se diverte.

— Isso pra você é muito! — observa Mandy, franzindo a testa.

— É mesmo, Pê! E ela é muito bonita. Eu namoraria com ela.

— Eu também — concorda Amanda, sorrindo e estreitando os olhos.

Pedro me encara com uma expressão séria.

— Você achou ela bonita mesmo? — pergunta ele, curioso com a minha reação.

— Achei, poxa. Lindíssima. E aquela boca? Quem me dera ter uma boca daquelas. Aff, Deus não dá asas a cobra mesmo. Eu ia acordar e *pá*, uma selfie segurando o café e exibindo a minha bocona. Eu ia almoçar e *pá*, uma selfie com o garfo na mão e minha bocona do lado. Eu ia seduzir um cara e *pá*, lá estaria a minha bocona. Com uma boca daquelas, não precisa de mais nada.

Era isso mesmo? Eu estava falando da boca da ficante do meu melhor amigo? Eu juro que, às vezes, eu sou uma pessoa normal. Só às vezes.

— Você não precisa disso, Isa... — Pedro dá um breve sorriso, os olhos tristes.

Eu odeio esses momentos em que ele parece estar pensando mais do que falando. Simplesmente odeio.

— Eu não preciso de uma boca daquelas? Meu amor, todo mundo precisa de uma boca daquelas.

— Você não precisa de nada que já não tenha. Acredite — insiste ele.

— Ela precisa de olhos melhores, isso sim... — Amanda me cutuca e eu fico sem entender a agressão gratuita.

Me viro para ela.

— Olhos melhores pra quê? Para de me cutucar, bobona. Eu odeio que me cutuquem, você sabe, eu sinto cócegas...

— Ai, ai, Isabela... Como pode? Só você não vê... *Só você...* — responde Amanda, revirando os olhos, toda enigmática.

Fico sem entender o que ela quis dizer com isso.

Ela dá um gole demorado no gim e lança um olhar arregalado para o Pedro. Conheço esse olhar. Amanda quer falar alguma coisa que eu não posso saber. Eu simplesmente odeio esses momentos.

— Olha só, está quase chegando a nossa vez! — grita Pedro para chamar nossa atenção, um pouco mais exaltado do que o normal.

Percebo uma tensão no ar, e sinto que ele tentou falar algo para a Amanda pelas minhas costas, para eu não ver. Argh. Eu só vou deixar pra lá, porque ultimamente eu estive mesmo ausente, eles devem ter os segredinhos deles... Fazer o quê, né?

Chegamos no balcão das tintas e peço ao atendente bem-humorado uma de cada cor: rosa, azul, verde e amarelo. Desenho alguns corações e estrelas no rosto do Pedro e da Mandy, e peço para que eles desenhem algo em meu rosto também. Pedro toma a frente, pega uma tinta rosa e escreve LO de um lado do meu rosto e VE do outro. Bem, *love* significa "amor". Para completar, ele faz um coração no meu braço direito e um monte de estrelas no braço esquerdo. Pego os potes de tinta e sujo sua camisa preta com um monte de símbolos e frases que me vem à mente.

— Pode sujar, branquela. Eu vim preparado, essa camisa é velha.

Dou um sorriso e me lembro que a minha blusinha não é velha. Droga. Mais um mês de prestação para uma blusa que provavelmente vai ficar toda suja de tinta no fim da noite. Respira, Isabela, respira. O que é uma blusinha perto do que pode acontecer esta noite? Rá-rá. Se Simba achava que ria na cara do perigo em *O Rei Leão*, eu dou é gargalhada, pirueta e uma boa debochada.

Voltamos para onde meu irmão está conversando com seus amigos e, de repente, começa a tocar a versão remix de "If I Lose Myself", do OneRepublic, uma das minhas bandas favoritas (e do Pedro também!).

— Branquela!! — grita Pedro assim que a música começa.

— Eu sei! Eu sei!!! A nossa músicaaaaaaa!!!! — grito de volta, chocada com tanta coincidência.

Tudo de ruim que estou sentindo se esvai quando essa música começa a tocar. É incrível o poder que uma música tem de mudar nosso dia, nosso humor e nosso coração, né? É como se a música entrasse dentro de nós, tirasse tudo de pior, e naqueles três minutinhos em que nossos tímpanos são invadidos, todos os problemas desaparecessem. Tudo que queremos é viver eternamente aquele momento. Quem dera eu pudesse viver dentro das minhas músicas favoritas. Eu seria feliz para sempre.

If I loose myself tonight,
It'll be by your side
If I loose myself tonight,
It'll be you and I…

A música dizia: "Se eu me perder esta noite, será do seu lado. Se eu me perder esta noite, será eu e você…"
Pedro me abraça pelos ombros, puxa Amanda do outro lado e ficamos a música toda agarrados, cantando a plenos pulmões. Fecho os olhos e tento congelar esse momento nas minhas melhores lembranças. Um filme se passa na minha cabeça. Penso em como é bom ter amigos verdadeiros. Em como é bom sentir o coração pulsar forte. Em como é bom viver e estar vivo. Penso em como é bom amar, mas como é ainda melhor se amar e se sentir bem consigo mesmo. Penso na minha família e em tudo que eles já fizeram por mim até hoje. Penso na minha jornada, em tudo que já passei para estar aqui e agora. Penso em todos os erros, as lágrimas, as pedras do caminho. Em todas as vezes que quis desistir e insisti mais um pouco, não por ninguém, mas por mim mesma. Penso nos sonhos que já realizei e em todos os

outros que ainda quero realizar (escrever um livro, ter um filho, plantar uma árvore, viajar o mundo). Penso nas vezes que chorei até soluçar e nas que sorri até a barriga doer. Penso em todas as cenas românticas que criei na minha cabeça e que ainda não aconteceram. Penso em todas as músicas lindas que ainda não ouvi e nos livros inspiradores que ainda não li. Penso em como é bom viver o presente sem se julgar pelo passado e sem temer o futuro. Penso que desapegar de coisas que nos fazem mal é essencial para nos mantermos sempre em frente, em direção a coisas melhores. Penso que dias melhores virão para quem estiver pronto para eles.

Penso que para ser feliz para sempre eu preciso ser feliz agora.

E sou feliz agora.

A felicidade me toca, arrepiando cada pelo do meu corpo, depois de mais de um ano me sentindo incapaz, miserável, alguém que não é digna de sentimentos bons.

Aperto Pedro um pouco mais forte e ele me aperta de volta.

A música acaba e eu abro olhos.

Gustavo Ferreira estava parado na minha frente, me olhando com a cara fechada. Um misto de nojo, repulsa e raiva dominam seu semblante. Ele está com o mesmo casaco vermelho do dia que o conheci, mas hoje ele não reluz no meio da multidão. Ele tem uma aura sombria, quase triste.

Um frio me estremece, engulo seco e desejo que esse momento passe logo. Eu simplesmente não sei o que fazer.

Eu quero ser feliz.

Eu mereço ser feliz.

Eu voltaria a ser feliz.

Ah, voltaria, sim.

Nem que para isso eu tivesse que derramar muitas lágrimas.

Em questão de segundos, Gustavo me puxa pelo braço para longe do Pedro e da Mandy, me arrasta para perto das árvores, onde mais ninguém poderia ouvir o que ele diria para mim. Sinto a dor causada por suas mãos fortes me pegando sem delicadeza alguma, e tento me desvencilhar. Quando consigo me soltar dele e o encaro nos olhos, vejo uma fúria nunca antes vista durante as nossas brigas. Gustavo está com os olhos arregalados, vermelhos, e me encara de um jeito como se fosse me comer viva se eu falasse alguma palavra errada. Meu Deus, o que eu fiz? "Sumi" por menos de 24 horas? Isso é tão grave assim? Que loucura é essa que eu estou vivendo?

E, então, o silêncio é quebrado quando ele diz:

— Você é MALUCA? Olha o que você fez comigo. Sério. Eu estou doido atrás de você. Doido. — Ele fala com raiva, arfando, quase sem fôlego. — Primeiro, você SOME o dia inteiro, O DIA INTEIRO! Agora eu entendi o porquê do sumiço, estava com essa gentinha que você chama de amigos, né? — Ele olha com desdém para Pedro e Mandy, ao longe. — Agora eu chego aqui e você está bêbada, com saia curta, rebolando até o chão com esses seus amiguinhos... Que nojo, Isabela. Nojo. Espero que você esteja muito arrependida, porque do jeito que você leva seus relacionamentos, homem nenhum vai te querer. Isso não é papel de mulher decente, não. Você tem que aprender muito ainda.

Respiro fundo para dar força às palavras que viriam em seguida. Coragem, Isabela, vai. Você consegue.

— Gustavo, eu não estou nem um pouco arrependida, me desculpa. — Ele arregala os olhos, incrédulo com o que está vendo. A raiva ferve dentro dele. — Na verdade, se tem uma coisa de que eu me arrependo, é de um dia ter começado um relacionamento com vo...

Eu teria continuado a frase.

Teria continuado se ele não tivesse me empurrado para longe, com toda a sua força, antes que eu terminasse de dizer o que eu queria.

CAPÍTULO 11
Te deixar foi muito melhor do que ficar com você

É aí que tá: eu não esperava um empurrão.

Esperava o de sempre: palavras horríveis, humilhações, gritos e até alguns socos no ar...
Mas um empurrão foi realmente um choque.
Eu nunca achei que o Gustavo fosse capaz disso.
Quantas vezes eu não repassei as cenas das nossas brigas e justifiquei com um "mas ele nunca me bateu"? Inúmeras. Parece que isso aconteceu justamente para me mostrar o que eu já deveria saber: ele não precisa me bater para que eu me dê conta de que esse relacionamento é tóxico e não deveria fazer parte da minha vida. Um relacionamento não precisa de uma agressão para que seja abusivo. O abuso existe nas "pequenas" coisas do dia a dia. Coisas que vão destruindo tudo que você já foi um dia, para te transformar em uma pessoa sem brilho nos olhos, sem esperança de um dia ser feliz novamente.

No meu relacionamento, o abuso aconteceu o tempo todo, *todinho*. Apesar das juras de amor, das promessas feitas, das declarações na internet... Nada disso foi real. Às vezes me lembro de Melina, prima do Gustavo, que tentou me alertar na primeira vez que fui à casa do tio dele. Todos deviam saber da personalidade do Gustavo, é claro. Esse não é o tipo de coisa que você consegue esconder totalmente da família e das pessoas que convivem muito com você. Sempre há algum sinal, mesmo que pequeno. Me perguntei se ele tratava a prima assim também. E apesar de saber que seria muito melhor se eu simplesmente tivesse dado ouvidos a ela, e virado as costas para ele naquele dia... Como eu poderia saber? A gente só aprende com os erros. E, convenhamos, nem nas histórias mais loucas eu imaginei que meu relacionamento fosse acabar desse jeito...

 Ele nunca me bateu, mas destruiu todos os meus sonhos, um a um, com suas palavras de desprezo. Ele nunca me bateu, mas fez com que eu desacreditasse de mim, pensando que ele era meu salvador, a única pessoa no mundo que seria capaz de aguentar uma pessoa tão ruim quanto eu. Ele nunca me bateu, mas por diversas vezes, me fez ajoelhar no chão gelado do banheiro, chorando, quase tendo um ataque de pânico, enquanto ele gritava como eu era culpada por fazer com que ele se descontrolasse assim. Ele nunca me bateu, mas fez questão de me afastar dos meus amigos, da minha família, de mim mesma. Ele nunca me bateu, mas me fez sentir culpada por todos os erros dele. Ele nunca me bateu, mas calou a minha voz, minhas vontades, minhas opiniões. Ele nunca me bateu, mas gritava tão alto que meu corpo ainda dá pequenos sinais de proteção só de lembrar dos descontroles. Ele nunca me bateu, mas me culpou por sua raiva, suas ações destemperadas, suas palavras de ódio. Ele nunca me bateu, mas, ao me ver chorando, não me consolou. Pelo contrário, disse que eu estava me fazendo de vítima, que eu era um bebê chorão mimado pela minha família. Ele nunca me bateu, mas tratou mal todas as pessoas que estavam à minha volta, como se, por ter um laço comigo, a pessoa automaticamente não valesse nada. Ele nunca me bateu, mas quis me prender em uma jaula, para que eu nunca pudesse ter o prazer de voar. O amor deve ser livre, sabia? Ele nunca me bateu, mas em um ano conseguiu transformar meus sorrisos em lágrimas. Ele nunca me bateu, mas "em nome do amor", foi destruindo todo o amor que eu sentia por mim e pela minha vida. Ele nunca me bateu, mas fez com que eu emagrecesse, perdesse o sentido da vida e deixasse que ele me guiasse e controlasse, pois me faltava forças. Ele nunca me bateu, mas amar é fazer o outro se sentir vivo. E ele me fazia morrer um pouquinho a cada dia.

Isso não é amor.

Mesmo que ele diga que é em nome do amor.

As palavras não valem de nada quando contradizem suas ações.

Sinto alguém me levantando e, quando vejo, Bernardo, Gael, Pedro, Amanda e um monte de pessoas que não consigo identificar estão em cima de mim para verificar se estava tudo bem comigo. Faço um joinha com os dedos, *tô bem galera*, levanto e abraço meu irmão pelo pescoço, um pouco assustada com o que estava acontecendo. O tempo parece ter congelado de repente, e tudo passa a acontecer com a rapidez da velocidade da luz. Olho de relance para o Pedro e vejo os olhos azuis em chamas. Ele ajeita a camisa preta, respira fundo, e parte para cima do

Gustavo. Meu coração devia estar a 160 batimentos por minuto, sem brincadeiras.

— VOCÊ É MALUCO?????? O QUE DEU EM VOCÊ, CARA? ACHA QUE PODE ENCOSTAR EM ALGUÉM ASSIM?

Pedro Miller berra na cara do Gustavo, a apenas alguns centímetros de distância. Gael, Amanda, amigos meus de faculdade e mais alguns desconhecidos se posicionam ao lado de Pedro e formam um cerco em volta do Gustavo. Me escondo atrás do Bernardo, envergonhada com a cena que se forma... por minha causa.

Caramba.

Ainda bem que eu não tenho o sonho de ser popular, viu? Porque é cada uma que eu passo... Respiro fundo. Conto até dez. Vai passar. Esse inferno vai passar. Sei disso. Pontos finais não são fáceis. E hoje eu daria um ponto final de vez nessa loucura. Estava decidida.

Gustavo Ferreira se mantinha impassível, pasmem. Ele inclina a cabeça para trás, levanta o queixo e empina o nariz, todo cheio de marra. Pelo que eu conhecia do Gustavo, ele queria que o Pedro batesse nele. Ele adora uma confusão. Porém, conhecendo o Pê, sabia que ele não encostaria um dedo no Gustavo.

Pedro não precisava disso para acabar com ele.

Não mesmo.

— Ela é minha namorada, acho que ela pode muito bem conversar comigo sem ninguém se intrometendo... Foi só um empurrãozinho. Ela nem se machucou, olha ali. — Ele aponta para mim.

Alguns dos caras ameaçam ir para cima do Gustavo. E Pedro pede para que todos fiquem onde estão.

— DESDE QUANDO ISSO É UMA CONVERSA? ELA NÃO SE MACHUCOU? VOCÊ É LOUCO, MERMÃO? — Ok, Pedro usou mesmo o termo "mermão". Definitivamente seus chacras não estão alinhados. — BATER NAS PESSOAS NÃO É NORMAL E VOCÊ NÃO TEM ESSE DIREITO. QUER QUE EU CHAME A POLÍCIA AQUI PRA TE CONFIRMAR ESSA INFORMAÇÃO? TALVEZ VOCÊ TENHA PROBLEMAS DE APRENDIZAGEM.

Pedro Miller está descontrolado. Acho que nunca vi o Pedro assim. Parecia outra pessoa, surreal. Ele passa as mãos nos cabelos negros e bagunçados, incrédulo com o que vê. Ai, ai. Se ele soubesse de metade do que passei no meu relacionamento... Já tinha jogado os chacras para o alto e batido na cara do Gustavo ali mesmo.

— Seguinte... Qual seu nome mesmo? — Gustavo chega mais perto com os olhos semicerrados, desafiando Pedro e claramente debochando da situação. — Pablo? *Pedro?* Ah, é. Pedro... — Ele dá um tapinha teatral na testa. — Eu e minha namorada vamos nos entender, como sempre fazemos. — Ele olha para mim. Desvio o olhar. — E você vai continuar sendo o amiguinho dela, que ela nem lembra que existe na maior parte do tempo... — Pedro me olha por um segundo. — Já pode parar o showzinho de bom moço. Ela não se machucou, está tudo bem com a gente... — Gustavo me olha novamente com a cara mais lavada do mundo, e então continua: — Não é, *amor?*

Todas as cabeças se viram para mim.

Neste momento, tenho três opções: 1) deixar que o medo me domine (sim, eu estou com muito medo), concordar com o Gustavo e permitir que ele continue a exercer esse domínio maluco sobre mim; 2) passar por cima desse medo, respirar fundo e dizer o que realmente penso disso tudo; 3) correr para bem longe dali.

Nem preciso dizer que eu queria correr, né? Pois é.

Mas todos sabemos que eu preciso amadurecer e tomar uma decisão. Fugir dos nossos problemas é como correr em círculos. Uma hora você vai se cansar, parar para respirar e seus problemas te atropelarão como um caminhão desgovernado. É preciso parar e enfrentar de cabeça erguida o que quer que esteja atormentando você. Mesmo que saia machucado, mesmo que algumas cicatrizes permaneçam com o passar do tempo, mesmo que seja uma experiência horrível e que você queira apagá-la da sua mente... É aprendizado.

Vamos lá.

— Não, Gustavo. Inclusive, antes de você me empurrar eu estava dizendo que me arrependo amargamente de um dia ter me relacionado com você.

Ele abre a boca para me interromper, surpreso com minha ousadia. Pedro Miller faz sinal para ele se calar e me deixar falar. Ufa. Finalmente eu posso falar. Finalmente eu *consigo* falar.

— Você não quer ouvir o resto, né? Sabe muito bem o que vem em seguida — prossigo. Ele continua de boca aberta, incrédulo. — Acabou, Gustavo. Eu não quero mais e não há nada que você possa fazer.

Na mesma hora, Bernardo segura meu braço, me encorajando e me apoiando.

— Ah, e mais uma coisa... — Tomo fôlego e continuo: — O Pedro não é um amiguinho que eu nem lembro que existe... Muito pelo contrário. Ele é meu *melhor* amigo, e também é melhor que mais uma coisa, sabe o quê? *Você*. Ele sabe como tratar uma mulher. Vê se aprende. Você é horrível, simplesmente horrível. Não sabe o quanto me sentia infeliz ao seu lado. E é isso, Gustavo, eu não aguento mais — digo com a voz firme. Meu coração bate mais que uma bateria de escola de samba desenfreada. — Não vou denunciar essa agressão e em troca disso eu quero PAZ... Sério. Me esquece. *Mesmo.* — Foi a última coisa que eu disse, olhando bem nos olhos dele.

Ele precisava entender que eu tenho voz e, mais do que isso, tenho vontades. E essa é a minha vontade. Depois de tanto tempo sem conseguir dizer o que eu penso... Sinto como se tivesse tirado um pano seco de dentro da minha garganta.

— Ouviu o que ela disse, *moleque*? — Pedro encosta na jaqueta vermelha de Gustavo com o indicador. Ousado. Eu não chegaria tão perto. — Esquece que a Isabela existiu um dia e toma seu rumo, bem longe daqui. Se você chegar perto dela mais uma vez, *uma vez só*... — Pedro se abaixa um pouco para falar a última frase bem perto do ouvido do Gustavo. — A gente não vai ser tão pacífico, não... Eu tenho um amigo promotor que adoraria te colocar no xadrez...

Gustavo arregala os olhos, demonstrando medo pela primeira vez. A família Ferreira não poderia suportar um escândalo desses. A reputação deles valia mais do que a fortuna que tinham, pode apostar.

— Não, pô... Que isso... Eu não tive a intenção, foi sem querer... Eu... — Gustavo tropeça nas palavras e dá alguns passos para trás... intimidado. Uau. Boa, Pedro Miller. — Isabela, me desculpa, de verdade... Eu não quis te agredir, nem machucar... Eu só estava com medo de te perder... Eu te amo muito... Poxa, Isa... Desculpa mesmo...

Engulo em seco diante dessas últimas palavras. Até quando ele vai dizer que faz tudo em nome do amor? Meu Deus! Gustavo precisava de um psicólogo para ontem.

— Sério, cara... CALA A BOCA. — Bernardo fala pela primeira vez, quebrando o silêncio da multidão que aguardava ansiosa por um desfecho. Olho espantada para o meu irmão. — Espero que você não chegue mais perto dela. Estamos todos de prova sobre o que você fez com ela hoje, e sabe-se lá o que mais você fez com ela durante todo esse tempo de namoro. Sei que ela quer te perdoar e ficar em paz — ele lança um olhar piedoso para mim —, mas o certo seria ir na delegacia e denunciar a sua agressão. Vou respeitar a vontade da minha irmã, mas você fica ligado, cara. Fique longe da minha irmã, longe da minha família, longe de todos nós... E, por favor, sai da minha frente e para de falar *merda*. Porque quanto mais eu vejo sua cara de *palhaço*, mais tenho vontade de perder toda a minha razão e te quebrar em mil pedaços. Sai daqui. SAI!

Eu disse que meu irmão era pacífico, sei disso. Mas se tem algo que tira ele do sério era mexer com sua irmã mais nova, no caso, euzinha aqui. Nós, os Freitas, nos defendíamos com unhas e dentes.

Gustavo engole em seco suas desculpas, vira de costas e se prepara para sair de cena, quando Pedro diz as últimas palavras:

— E mais uma coisinha... Você disse que estava com medo de perder a Isa, não é? — Gustavo se vira e assente com a cabeça. Meio sem entender o que viria depois dessa pergunta. — Mas a Isa não é posse sua nem de ninguém. Talvez seja esse seu erro, *Gustavo*. Você tem que cativar as pessoas para que elas fiquem ao seu lado, e não *obrigá-las* a ficar. — A multidão que se juntou para ver a cena urra com essas palavras. Alguns batem até palmas. — Ah, e que você nunca mais encoste o dedo em uma mulher. Na verdade, não encoste o dedo em qualquer pessoa. Aprenda a amar de verdade.

Pedro Miller se vira e, sem falar comigo nem com mais ninguém, sai andando sem direção. Desnorteado.

A galera vai à loucura e, então, algo inesperado acontece. As pessoas que tinham se juntado para acompanhar a briga começam a gritar as mais diversas ofensas direcionadas ao Gustavo. Algumas delas jogam copos de plástico nele. Consigo distinguir algumas frases: "Sai daqui, seu merda", "Bate em mulher, a gente vai bater em você pra ver o que é bom", "Agressor, covarde", "Filhinho de papai mimado". As outras pessoas da festa, que até então não tinham visto o empurrão, começam a perceber que alguma coisa estranha está acontecendo e, de repente, todos estão comentando sobre o Gustavo. Uns colocam a mão na frente da boca para cochichar, chocados com o fato de que

Gustavo Ferreira, "o namorado perfeito", fora capaz de me agredir, outros partem para cima dele para dar uma lição aos socos e pontapés. A confusão ganha proporções gigantescas e a organização da festa perde totalmente o controle. O DJ para a música e tenta entender o que está acontecendo na pista de dança. Vejo Guta, a representante da nossa sala, correndo para chamar os seguranças para conterem as pessoas. Os seguranças chegam e convidam Gustavo a se retirar da festa. Ele sai escoltado por três homens e, à medida que ele passa pelas pessoas, ouve mais ofensas.

Respira, Isabela, respira.

Você não é culpada por isso.

Você não é culpada por nada.

Acabou.

Difícil se livrar do sentimento de culpa quando ele fez parte da nossa vida por tanto tempo... Que loucura isso. Tirar as algemas e ainda assim sentir o peso delas nos nossos pulsos. Mover os pés e lembrar das pesadas correntes que me mantinham presa. Respirar sem o nó na garganta e sentir o ar invadir meus pulmões depois de tanto tempo sufocada.

No fundo, acho certo que o Gustavo seja retirado da festa, até porque eu não acredito que as coisas devam ser resolvidas na porrada. O que é um pouco irônico, porque lááá no início do nosso relacionamento, quando Gustavo partiu para cima do Fábio (lembram? O cara do inglês?), eu deveria ter percebido que ele é uma pessoa agressiva e que acha que tudo se resolve com socos. Mas eu não percebi. E tudo bem, a gente se ilude até com filme, por que não vai se iludir na vida real também, né? Interpretei os fatos da forma que minha mente que adora contos de fada achou melhor: ele era meu salvador e estava lá para me salvar.

Uau.

E tudo termina exatamente do jeito que começou.

Que poético.

Me viro para o meu irmão, que continua de mãos dadas comigo.

— Bê, obrigada por tudo. Sério. — Dou um beijo no rosto dele e o abraço forte.

— Tô aqui com você pra tudo, pequena. Homem nenhum no mundo vai te diminuir, ouviu? Você é pequenininha de tamanho, mas é gigante aqui. — Ele aponta para o meu coração. Dou um sorrisinho. — Nunca vou me cansar de dizer isso. Eu te amo muito. Curte sua festa agora com seus amigos, ou se você quiser ir embora... Você que manda. Só me dizer.

— Acho que quero aproveitar... Tem tanto tempo que eu não sei o que é me sentir leve, livre, sem qualquer coisa pra me prender, me cobrar... Como eu pude... Poxa... Fico até envergonhada por isso tudo — digo.

— Não se sinta assim... Isso é viver! A gente erra, Isa. E vão errar com a gente. Mas temos que levantar a cabeça e continuar vivendo. Essa é nossa missão. — Bernardo dá um sorriso para me encorajar. — Cadê minha irmã destemida que quando era pequena disse que me defenderia da Fera da *Bela e a Fera*? Hein? Hein?

Dou uma gargalhada. Meu irmão morria de medo da Fera. Pois é. E uma das memórias mais engraçadas da nossa infância (ok, só nós dois achávamos engraçado) é que no auge dos meus 6 anos eu falava que ia defender o Bernardo da Fera. E toda vez que ele chorava (tipo, toda mesmo), eu achava que era por causa da Fera. Uma vez, ele caiu e teve que tomar ponto no queixo, e eu jurei que tinha sido a Fera que havia feito aquilo com ele. Desde então, sempre que acontecia algo ruim com meu irmão eu falava: "Relaxa, eu te defendo da Fera." Nós sempre ríamos lembrando disso, porque a Fera acabou se tornando uma metáfora para tudo de errado que acontece em nossas vidas.

— Posso só te pedir uma coisa? — começo. — Não conta pra mamãe e pro papai ainda. Por favor. — Bernardo concorda com a cabeça. — Eu preciso estar 100% para poder contar isso a eles. Não tô afim de falar sobre isso no momento...

— Relaxa, *mana browwww* — ele me chama pelo nosso apelido carinhoso de irmãos. — Eu jamais contaria pra eles, isso cabe a você e só a você. Vai aproveitar sua festa, vai. Esquece isso. — Ele olha para a Amanda, que está à minha espera a alguns metros dali, encostada em uma árvore. — Sua amiga está preocupada com você. Pode ir curtir. E, quando quiser ir embora, só me chamar.

Me aproximo da Amanda, ela segura um copo de plástico todo amassado e picotado. Conhecendo minha melhor amiga, sei que ela está ansiosa e nervosa com tudo que tinha acontecido e estava descontando no pobre copo.

— Isa... Você está bem? Deus! O que foi isso? Eu estou tremendo até agora... — Ela me mostra suas mãos tremendo um pouco.

Dou um abraço nela e mostro as minhas.

— Eu também estou tremendo, ó... — Ela ri de mim, nervosa. — Desculpa por não ter te escutado lá no início. Você sempre me alertou, você sabia que isso ia acontecer... Eu... — o choro vem na garganta — Eu te amo, amiga. Obrigada por continuar ao meu lado no momento em que mais precisei. Você é a melhor amiga de todas.

Ela me encara com seus olhinhos puxados. Eles brilhavam, Amanda queria chorar, sei disso.

— Não sou... Eu te abandonei por tanto tempo... Eu tinha que ter ficado ao seu lado, como Pedro ficou... Eu falhei com você, Isa. Falhei — ela segura as minhas mãos com força —, mas não vou falhar novamente. Te prometo.

— Mandy, relaxa. Eu tenho certeza disso. A gente falha, ora, afinal somos seres humanos. Eu falhei com você, você falhou comigo. Mas o que temos — dou tapinhas no peito dela — é de verdade, é de coração. Eu sei disso. Esse tempo que ficamos afastadas só nos fortaleceu. Nunca mais vai acontecer.

Estendo o dedo mindinho para ela.

— Dedinho? — Ela sorri, limpando as lágrimas que caíam sem pedir licença.

— Dedinho.

Demos os nossos dedinhos.

— Cadê o Pedro? — pergunto.

— Eu o vi descendo o caminho para o lago da Fazenda. — Ela dá de ombros.

— Mas pode ir pra lá? Digo, geralmente, quando rola essas festas, eles não deixam que ninguém vá para o lado de lá... Tem até um segurança ali na frente do caminho que desce para o laguinho. — Indico o cara alto de terno preto que está parado no caminho sinuoso que dá no lago.

— A gente só vai saber se tentar.

Amanda me puxa pelo braço e me arrasta até o tal segurança. Estranhamente, ao notar nossa aproximação, ele sorri para nós duas e diz:

— A japonesinha e a loirinha... Sim, sim... O Pedro já acertou comigo — diz ele, mal mexendo a boca e sem olhar para nós. — Podem descer. Só esperem um pouco para que ninguém veja que vocês estão descendo.

O segurança continua olhando para a frente como se a nossa conversa nunca tivesse existido. E não, não me surpreendo muito, porque é óbvio que o Pedro já devia ter feito isso antes com as garotas que ele ficava, quero dizer, toda vez que ele sumia, a gente ficava se perguntando onde é que ele tinha ido... Agora, sabemos onde ele se escondia. Esperamos alguns minutinhos e o DJ, para nos ajudar (ok, foi só uma coincidência, mas me deixa sonhar), coloca um funk que faz a pista explodir. É o momento. Olho para Mandy, ela assente. Ninguém está olhando para nós. E, então, nos enfiamos na trilha estreita no meio das árvores e começamos a descida.

— Imagine só a Dafne, lembra dela? Ela saía de salto fino todas as vezes que ia encontrar com o Pedro. Imagina, Mandy, ela descendo essa trilha. — Quebro o silêncio, depois de já estarmos afastadas do movimento da festa.

Amanda vai na frente, pisando em alguns galhos que estavam no caminho e me avisando dos troncos de árvore que aparecem no chão hora ou outra, porque é a minha cara cair com a fuça no chão e fechar a festa com chave de ouro, dentro do Samu.

— Sério! É inacreditável pensar que o Pedro traz as garotas pra cá. Essa trilha não é nada romântica. — Mandy se diverte com minha suposição sobre Dafne.

— Mas o Pedro não é nada romântico — constato.

— Ah, quando ele quer, *é sim*... — rebate Mandy.

— Euzinha, Isabela, nunca vi.

— É porque você é cega. — Ela ri de mim.

Não entendo a graça e, sinceramente, estou preocupada demais em chegar viva até o fim dessa trilha para entender.

Tudo bem que quando eu era mais nova, eu fazia altas trilhas perigosas de Jeep com o meu pai e minha família. Mas é aquela coisa, criança não tem noção do perigo. Agora tenho um pouquinho mais de noção, pelo menos é o que eu acho. E se uma cobra aparecer? Um jacaré, céus, um jacaré. Já era. *Adiós*. Não sobra ninguém para contar a história. E se aparecer uma onça? Nossa, pode aparecer uma onça.

Começo a rezar.

Rezo em silêncio até o fim da trilha e, quando chegamos ao final, deparamos com uma linda visão do lago da Fazenda Azul.

Uau. É lindo.

Se valia a pena passar pela trilha do horror para chegar aqui? Com certeza, não.

Mas que é lindo, é.

Aqui a natureza está em completa harmonia. O lago de águas escuras, devido ao breu da noite, reflete a luz da lua e os eucaliptos que cercam toda a fazenda. Escuto o coaxar de muitos sapos, em coro. E tenho certeza de que as luzes que sobrevoam as margens do lago são vaga-lumes. As luzes vão e vêm, nos hipnotizando de uma forma sutil. Eu nunca tinha visto um vaga-lume na minha vida e, pela cara da Amanda, ela também não.

Talvez a descida do terror tenha, sim, valido a pena. Dafne, eu te entendo, amiga.

Procuro algum sinal do Pedro e não vejo nada. O lago tem um deque de madeira com uma casinha bem pequena na ponta, que provavelmente é uma espécie de bangalô para as pessoas se sentarem e admirarem a vista. Mas como Juiz de Fora é bem fria na maior parte do ano (ô, se é!), é impossível ficar em um bangalô em dias de muito vento (por ser aberto, né?). Talvez por isso a ideia da casinha.

Vemos uma luz vindo lá de dentro, e Mandy assente com a cabeça. Pedro está ali nos esperando, sentado em um sofá. Abrimos a porta da casinha e deparamos com a seguinte cena: Pedro Miller está sentado em frente a três garrafas de tequila, o rosto enfiado nas mãos, olhando para baixo. Ele não percebe que estamos ali.

— Pê? — chamo, com a voz baixa.

Ele levanta a cabeça, os olhos azuis estão vermelhos e úmidos. Pedro Miller está chorando?

— Pedro... Que isso...

Eu sento em um lado do sofá e Amanda do outro. Ela abraça Pedro pelos ombros e eu pego sua mão esquerda.

— Calma, Pê. Já passou. A Isa está bem, olha só. — Mandy me olha, encorajando que eu desse algum sinal de que estava tudo bem.

— É! Eu tô, olha só. — Dou um sorriso e balanço meus cabelos loiros. — Já estou até jogando o cabelo pro alto.

Ele respira fundo e continua com o olhar vago.

— Isso me *matou*, Isa — diz ele, com a voz seca e surpreendentemente embargada.

Me encolho. A culpa. Ela não iria me abandonar? Ele percebe meu sobressalto e se vira para olhar dentro dos meus olhos.

— Você não tem culpa de nada, tá? — Ele se apressa em dizer. Os olhos azuis reluzem na luz amarela fraca, vinda de uma lâmpada pendurada por um fio na casinha do lago. — É só que... ver o jeito que aquele cara te tratou... Caramba, Isa... doeu tanto que parecia que estavam tirando um pedaço de mim.

— Desculpa, eu... você não sabe como me envergonho disso tudo que aconteceu... — As lágrimas começam a cair. Claro. Quando elas não caem? — Eu só queria amar e ser amada, não é isso que todos queremos? Então, eu tentei de tudo para o relacionamento dar certo e, por um tempo, eu achava que estava, sim, dando certo. Mas o que é certo e errado, não é mesmo? O que importa é a forma como nos sentimos... Eu demorei pra perceber isso. *Eu sei!* Demorei! Eu me sentia horrível todos os dias. O tempo todo. Eu engolia tantas coisas que não sobrou espaço para mais nada. E eu afastei todos que gostavam de mim, você foi a pessoa que eu menos afastei. — Ele assente. — Mas, mesmo assim, precisei me afastar. Só assim eu poderia viver minha loucura sem ninguém pra me dizer que eu só poderia estar louca. E eu estava. Vivi minha loucura e, no fim, tive que ser sã para perceber isso. Como diria Júlio Cesar... — Pedro e Amanda arregalam os olhos, certamente não entendendo aonde eu queria chegar. — O imperador romano, sabem? — Eles concordam com a cabeça. — Bem, ele disse: "Vim, vivi e venci."

— Na verdade, Isa, é "Vim, vi e venci" — corrige Mandy. É mais forte do que ela. Sei bem. Amanda Akira sabe que eu erro todas essas frases famosas, mas o que ela não esperava é que dessa vez eu havia errado de propósito.

— Eu sei, mas eu vivi. Eu não só vi e venci. Eu precisei viver, me quebrar em mil pedaços, para no final, vencer. Agora eu estou aqui, com meus caquinhos na mão, envergonhada de ter feito vocês dois passarem por isso... Mas também estou pedindo um pouquinho de cola, de ajuda para conseguir juntar todas as minhas partes... Não vai ser fácil, mas eu vou voltar a ser quem eu era, só que melhor ainda... Quero dizer, não sei se vou ser melhor, *melhor*... Mas eu juro que... O que eu estava falando mesmo?

Pedro sorri para mim, enxuga os olhos ainda úmidos, e consigo sentir seu perfume amadeirado exalando da camisa preta.

— Não precisa mais se justificar, branquela. Não pra gente. Estamos aqui pra colar seus caquinhos quantas vezes for preciso. Me desculpa o descontrole, me desculpa por chorar na sua frente... Mas é que me doeu muito. Vim pra cá porque não saberia como continuar na festa. Minha cabeça está explodindo.

— Ah, Pedro... para, né? Você é o herói da noite — provoca Mandy, empurrando Pedro para cima de mim.

Entro na brincadeira, falando com uma voz que eu imagino ser sexy.

— Meu herói! Tem melhor do que esse? Fiquei esperando que ele rasgasse a camisa ali mesmo, tipo o Jacob de *Crepúsculo*. — Finjo que estou sentindo calor, me abanando com as duas mãos.

— Duas bobas... Eu mereço vocês, né? — Ele me olha com um meio sorriso, convencido.

— Merece e merece muito. — Mandy puxa uma das garrafas de tequila, abre e toma um gole sem nem fazer careta. — Pois somos as melhores amigas do mundo.

Pedro e eu olhamos para ela, assustados.

— O que foi, gente? Essas garrafas não vão acabar sozinhas — justifica ela, dando de ombros.

— Amanda, você sabe que elas já estavam aqui quando eu cheguei, né?

Ela arregala os olhinhos com a garrafa ainda em mãos.

— Não são minhas. Alguém deve ter deixado aí... — explica Pedro, em meio a uma gargalhada. — Mas, ah, e daí? Passa isso pra cá. Hoje todos nós podemos beber umas doses.

Ele vira um gole da garrafa de José Cuervo. No gargalo. Sem limão, sem sal, sem nada. Olho de um para o outro, ainda sem acreditar.

— Gente... Essas bebidas não são nossas, vocês nunca escutaram que não se deve beber bebidas de estranhos? Pois é. Tem um motivo pra isso. É perigoso.

Pedro Miller estende a garrafa para mim.

— A gente abriu agora. Estava lacrada. Vai querer? Se não quiser, tudo bem. A gente pode ficar aqui só conversando também. — Ele tira o maço de cigarro do bolso e acende o primeiro da noite.

Olho para o Pedro, depois para Mandy. Os dois me observam e aguardam em silêncio. Querendo ou não, a garrafa em minhas mãos representa muito mais do que "ficar alegre" ou "bêbada" com meus amigos. Representa a minha liberdade. Do lado do Gustavo, eu não podia beber nenhum tipo de bebida alcoólica, simplesmente porque "mulher bêbada é feio demais". E olha que eu nem gosto de bebidas alcoólicas, hein? Mas até nisso ele tinha que mandar. De vez em quando, ele permitia que eu bebesse um copo ou dois de *prosecco* com a família dele (afinal, como ele explicaria para a mãe que não me deixava tomar decisões por conta própria?), mas tudo, claro, sob supervisão dele. Depois, eu ainda tinha que aguentar provocações do tipo "Tá falando merda assim porque tá bêbada, viu? Por isso que não gosto que você beba". Mas ele podia beber sempre que quisesse. E eu tinha que aceitar, porque eu era a louca descontrolada, e ele o lorde que estava me ensinando os bons modos que uma garota deveria ter.

Viro um gole da garrafa.

Era muito ruim. Muito. Ruim do tipo eu-queria-arrancar-meu-estômago-fora-só-pra-não-sentir-isso-dentro-de-mim. E aí me lembrei da última vez que bebi tequila, há quase dois anos, na fatídica festa do É o Tchan. No dia que dei o primeiro beijo no Gustavo. Mais uma vez, poético. Tudo acabando como tinha começado. Depois dizem que minha vida não é um filme.

Viro mais um gole, e entrego a garrafa para o Pedro.

— Uau. Vai com calma, princesa. Você é fraquinha, sabe disso.

Pedro Miller aperta minha bochecha, dá mais um gole e passa a garrafa para Mandy.

— Hoje a Isa pode tudo. — Mandy pisca para mim. — Que tal se a gente brincar de Verdade ou Desafio? Hein? Hein? Vamos?!

Pedro me encara, procurando uma resposta. Faço que sim com a cabeça. Amanda se empolga e já se posiciona no chão, em volta da mesinha de centro, que era o único móvel da casinha do lago além do sofá em que estávamos sentados.

— Vem, senta aqui, gente. No chão é bem mais legal. Vamos relembrar as regras, como somos três, eu pergunto para o Pedro, Pedro pra Isa, Isa pra mim. Depois invertemos. Eu pergunto pra Isa, Isa para o Pedro, Pedro pra mim. Fechou?

— Aí se eu não quiser responder à pergunta... — questiona Pedro, enquanto ajeita os cabelos negros. — Eu bebo um gole da garrafa. É isso?

— Isso mesmo — concorda Mandy.

— E se eu responder não preciso beber, né? — pergunto.

— Certo — concorda ela mais uma vez.

— E onde entra o desafio? — indaga Pedro.

— Ah, me esqueci! — Ela dá um tapinha na testa. — Se você não estiver aguentando beber mais, você tem que cumprir um desafio. Vamos lá?

Amanda Akira começa a brincadeira.

— Pedro, é verdade que durante as festas da faculdade você trazia suas ficantes para esta casinha?

Pedro sorri, a cicatriz na bochecha esquerda se mexe. Sei que ele se diverte quando demonstramos curiosidade por sua vida amorosa. Não que ele não nos contasse sobre seus casos, ele até contava. O problema é que tudo é movimentado demais e, ah, a gente não precisava de tantos detalhes, não é?

Ele olha para mim, então para a Mandy, olha para a garrafa e, então, responde:

— É verdade. — Ele se dá por vencido. — Já trouxe várias garotas aqui. É bem melhor do que a festa, vai dizer?

— A Dafne já veio aqui? — pergunto sem pensar duas vezes.

Eu quero saber, eu preciso saber se a Dafne tinha descido aquela trilha de salto. Não sei por que isso importa tanto agora, mas fazer o quê. Nem sempre entendo meus sentimentos.

Pedro se vira para me olhar mais de perto. Então ele se inclina sobre a mesinha e se aproxima do meu ouvido. Sinto sua respiração quente quebrando o frio da noite gélida.

— Na sua vez, você poderá me perguntar, branquela.

Droga. Eu não gastaria uma pergunta com a Dafne. Sabe-se lá quantas rodadas eu duraria nesse jogo, afinal, quando junta tequila e Isabela na mesma frase, sabemos que uma das duas perderá feio.

E sempre sou eu.

Pedro me analisa da cabeça aos pés. Acho que está pensando no que me perguntar.

— Você já mentiu pra mim? — dispara.

Me lembrei do dia do parque de diversões, quando menti sobre uma coisa besta, sim, mas menti. E tinha sido a primeira vez em anos de amizade que eu menti para o meu melhor amigo. Pareceu besta, foi besta, mas doeu. Em mim e nele. Porque, eu sei, ele tinha percebido no ato e devia estar preocupado com o que eu estava me tornando "em nome do amor".

Então eu bebo um gole da garrafa.

Não estava a fim de falar sobre isso.

Ele belisca minha barriga com a ponta dos dedos e diz baixinho só para eu ouvir:

— Eu sei, eu sei.

Me viro para a Amanda.

— Você se apaixonou esse ano, Amanda Akira?

Ela bebe, com um sorriso misterioso no ar.

— POR QUEM? AMANDA! — Eu dou um gritinho.

Ela continua a sorrir misteriosa e desconversa.

— Isa, se você tivesse que namorar alguém da nossa sala da faculdade... Com quem você namoraria? — pergunta ela.

— Com o Pedro, ué — respondo sem nem pensar.

Pedro me olha surpreso, as sobrancelhas arqueadas, a boca aberta. Mandy abre um sorriso e balança a cabeça em sinal de afirmação, claramente satisfeita com a resposta.

— Fico honrado, branquela. Sinceramente, eu achava que você me achava mulherengo demais pra você...

— E eu acho. Mas eu não tinha lá opções muito boas na nossa sala, né? — provoco.

Ele morde os lábios e sorri.

— Pedro, você já se apaixonou? — finalmente pergunto.

Eu sempre quis perguntar isso para o Pedro. Na verdade, acho que já perguntei algumas vezes, mas ele nunca chegou a me responder de verdade.

Ele puxa a garrafa e dá um gole demorado.

Entendi isso como um "sim".

Poxa vida, por quem?

— Amanda, qual foi a coisa mais desprezível que você já fez? — questiona Pedro.

— Acho que pegar meu próprio cocô com a mão e jogar pela janela, quando estava na casa de um amigo. A descarga estava quebrada. E não, não foi na casa de vocês.

— Hummm, seria esse amigo a pessoa por quem você se apaixonou esse ano? — interrompo.

— Claramente a Isa não sabe brincar de Verdade ou Desafio, acho que ela se daria melhor com o jogo Detetive. O que você acha, Mandy? — brinca Pedro, e então acende mais um cigarro.

Reviro os olhos. Droga. Eu só estava curiosa, será que uma garota não tem esse direito?

— Minha vez — recomeça Amanda. — Pedro, onde foi o lugar mais inusitado que você já transou?

Ele para por alguns segundos, traga o cigarro, expira a fumaça.

— Na escada do meu prédio.

Amanda e eu ficamos boquiabertas. Na escada do prédio? Sério? Não, não. Forcei meu cérebro a não tentar imaginar essa cena em hipótese alguma. Pedro nu. Dafne joga os saltos pelos degraus da escada. O sutiã dela deve ser de renda vermelha. Pedro a puxa pelos cabelos e... NÃO!

Balanço a cabeça algumas vezes e sinto a tequila fazer meu mundo girar.

— E foi com a Dafne — completa Pedro Miller, com um sorriso sacana no rosto.

Balanço de novo a cabeça, na tentativa de fazer a cena grotesca desaparecer dos meus pensamentos.

Pedro se vira para mim, decidido.

— Você realmente não recebeu a mensagem que eu te enviei quando estava no Canadá? — Ele estreita os olhos e espera minha resposta.

Eu paro por alguns segundos, tentando entender que tipo de pergunta é essa. Mensagem? Canadá? Peraí... Nas férias do ano passado Pedro foi para o Canadá, sim, sim, eu lembro. E ele havia me dito que tinha me enviado uma mensagem, mas que não havia chegado, é isso? Por que agora? Por que gastar uma pergunta da brincadeira com isso? Por que isso tem tanta importância?

— Não, não recebi — respondo, e dou de ombros, ainda sem entender a pergunta.

Quero perguntar o porquê disso tudo, mas eu sairia da regra da brincadeira mais uma vez. Esperaria a minha vez e, aí, perguntaria.

— Amanda, quem é o cara misterioso? — pergunto.

— Aquele Victor... Lembra? O intercambista que passou um mês na casa da minha tia e que a gente tipo, *odiava*. — Ela solta uma gargalhada e toma um gole de tequila apenas por beber, já que tinha respondido à pergunta que fiz. — Ele voltou para Juiz de Fora apenas por algumas semanas, veio visitar minha tia, meu tio, matar a saudade da família que o recebeu de braços abertos... E a gente acabou se aproximando. Tipo, *muito*. — Ela sorri e joga o cabelo liso para trás. — Ai, foi perfeito, sério. Queria que ele não morasse tão longe... Quem sabe isso não muda?

Victor mora em Portugal. Lembro muito bem quando ele chegou falando várias coisas em português de Portugal e passou dias nos obrigando a ensiná-lo a falar palavrões no português do Brasil. Em troca, ele nos ensinou a falar "ônibus", que é "autocarro". Na época do intercâmbio dele, eu e Amanda éramos molecas, acho que nenhuma de nós duas nunca o enxergou como homem. Ele era um garoto chato que a tia da Mandy tinha adotado por um tempo. Era isso que achávamos.

— Caraca, Mandy. O Victor! Eu nunca ia imaginar — digo, surpresa —, mas fico tão feliz por você, sério.

— Eu também nunca imaginaria. Pensa só nisso, ele saiu daqui do Brasil um jovem espinhento e sem graça, voltou um homem lindo de morrer. É inacreditável. — Os olhos de apaixonada a entregam.

— Vocês ainda conversam? — Olho para o Pedro, que havia ficado calado todo esse tempo. Como se isso não fosse novidade. — E você, Pê? Não vai falar nada, não?

Ele me olha surpreso e sorri, sem graça.

— Isa, eu já sabia...

Engulo em seco. Claro. O tempo que eu fiquei sem conversar com a Amanda me fez perder tanta coisa, *tanta*! Até da vida do Pedro eu estou desatualizada. Fiquei tão imersa no Gustavo e nos nossos problemas que abstraí tudo que estava à minha volta.

— Ah, claro — desconverso —, mas me responde, Mandy. Vocês ainda estão conversando?

— Estamos. Mas sem me iludir muito. Vamos ver o que rola.

— Ai, ai. Às vezes eu queria ser como você. Se fosse comigo, eu já estaria procurando passagem para Portugal nas próximas férias.

Amanda se diverte com meu comentário e continua a brincadeira.

— Isa, você já se apaixonou por um melhor amigo?

Pedro para o que estava fazendo e fica estático, como se estivesse do lado de uma bomba-relógio e precisasse de muita cautela para saber o que deveria fazer em seguida. Pego a garrafa de tequila da mesa e penso em beber, afinal, eu não me lembro se já me apaixonei ou não por um melhor amigo. Será que o garoto que eu gostava quando estava no maternal conta? Ou o meu *crush* de adolescência? Penso mais um pouco. Melhor amigo era mais do que isso, né? Era algo mais como… Pedro Miller e eu.

Olho para o Pedro.

Ele me encara com os olhos reluzindo, esperando uma resposta. Penso em dizer "não", até porque, eu nunca havia me apaixonado pelo Pedro e isso é um fato. Mas será que eu nunca me apaixonaria por ele? Nunca diga nunca, é o que minha mãe sempre diz.

Então, eu bebo.

A tensão na casinha cresce e eu consigo sentir.

Pedro está imerso em pensamentos e Amanda me olhava com cara de "UOU".

— Vamos pra próxima pergunta? Já aviso que está tudo girando e eu não sei se consigo beber mais uma dose. Então peguem leve nas perguntas. — Coloco a garrafa de volta na mesa. — Pedro, o que tinha na mensagem que você me enviou do Canadá? — disparo.

Ele respira fundo e abre um botão da camisa preta. Em seguida, abre a boca para me responder e fecha outra vez. Então, olha para a Amanda, pedindo ajuda. Fico sem entender o joguinho dos dois, sinceramente.

— E aí? Vai responder ou vai beber? — questiono, impaciente.

— Vou beber, branquela… — E, então, ele pega a garrafa e bebe um gole, olhando no fundo dos meus olhos.

— Amanda — começa Pedro —, qual foi o pior beijo da sua vida?

— Com certeza, o beijo que dei em um garoto da minha turma, no nono ano. Nós dois usávamos aparelho. Ficamos batendo "a lataria" alguns minutos e, no final, ele me falou: "É assim que você beija? Odiei." — Todos nós rimos juntos imaginando a situação. — Eu dou risada agora, mas, na época, foi triste. Fiquei me sentindo a pior pessoa do mundo. Ou o pior beijo do mundo. — Ela para e pensa por alguns segundos. Vira mais um gole de tequila (sem precisar, devo ressaltar). — Agora eu pergunto para o Pedro, não é?

Faço que sim com a cabeça e sinto o mundo girar de novo. Definitivamente eu não aguentaria mais nenhuma dose.

— Pedro, você já se apaixonou por alguma melhor amiga?

Abro a boca para contestar e Mandy é mais rápida do que eu.

— Eu perguntei pra você, Isa, não pra ele.

Ah, é. Achei que a pergunta tinha sido para ele. Eu estava bêbada? Era isso?

— Confesso que não aguento mais beber tequila... Não sei como você gosta disso, Amanda. — Pedro se justifica.

Então ele sorri e faz um sinal com as mãos de "pode vir".

— Manda um desafio, vai.

Amanda olha para nós dois, como se fôssemos cachorrinhos fofos numa feira de adoção. Ela bate palminhas e finalmente diz com a voz embargada de felicidade:

— Então dá um beijo na Isa. — Pedro abre a boca como se fosse protestar, e ela continua: — Ah, gente... Qual o problema? Só um beijinho, vai. Vocês são melhores amigos, só isso. Problema nenhum. — Pedro cede e se inclina na minha direção para darmos o beijo, então Amanda complementa: — É de língua, tá? Selinho eu dava quando tinha doze anos, faz o favor.

Pedro para no meio do caminho e me encara. As mãos no meu pescoço, a respiração pesada e quente perto demais da minha boca. Prendo a respiração por alguns segundos na tentativa de desacelerar meus batimentos cardíacos, pois meu coração bate tão forte que acho que Pedro Miller pode escutar. De onde eu estou, consigo ver tudo o que tem por baixo da sua camisa preta de botões. Sinto seu perfume tão conhecido, mas que eu havia ficado tanto tempo sem sentir. Sou invadida por uma onda de felicidade sem fim. Definitivamente, o cheirinho do Pedro é um dos meus cheiros preferidos no mundo todo. A proximidade das mãos dele esquenta cada músculo do meu corpo. Coloco minhas mãos nos cabelos pretos, lisos e bagunçados, e olho fundo nos olhos intensos dele. Mordo meus lábios, nervosa. Me sinto uma máquina há anos desligada, finalmente encontrando a eletricidade. Ela percorre cada veia, cada pedaço de mim. Me sinto viva. Ele chega mais perto, e percebo que eu quero, *sim*, dar um beijo no meu melhor amigo. Céus, isso está mesmo acontecendo ou era efeito da tequila? Eu estou sonhando? Só posso estar sonhando.

— Isa, se você não quiser, tudo bem... É só uma brincadeira — diz ele, baixinho, de modo que só eu escute. Sua voz soa mais doce do que o normal.

Eu me aproximo um pouco mais e puxo o corpo dele para perto de mim. Ele estremece todo e passa as mãos pela minha nuca, fazendo carinho no meu cabelo. Pedro Miller também quer esse beijo. Eu consigo ver o desejo ardendo no fundo dos olhos dele. Estranhamente, algo dentro de mim também queima com força, como se estivesse esperando a vida toda por esse momento.

Então puxo Pedro Miller pela gola da camisa e dou eu mesma o beijo que ele estava hesitando em me dar.

CAPÍTULO 12
Como esquecer o que quero lembrar?

Acordo desnorteada. Caramba, onde eu estou? Apalpo os lençóis com medo de ter acordado na cama de um desconhecido como acontece nos filmes. Ufa. Sinto minha cobertinha felpuda que eu tenho desde pequena e meu coração se acalma um pouco.

Estou em casa.

A claridade que invade meu quarto através das cortinas brancas quase me cega. Cubro meus olhos com as mãos, tentando me proteger do sol, e procuro meu celular debaixo do travesseiro, onde eu sempre deixo.

Não está aqui.

Olho para mim, para o meu corpo, e percebo que ainda estou com as mesmas roupas de ontem, e que alguém deixou um copo d'água e um comprimido de aspirina na mesa de cabeceira. Quem me trouxe para casa?

Meu Deus. Meu Deus.

Eu não me lembro de nada.

Festa na Fazenda Azul, sim, sim, disso eu me lembro. Tintas no rosto, eu, Pedro e Amanda, nós pintamos uns aos outros. Gustavo chega e tenta acabar com mais uma noite da minha vida. Confusão. Eu termino com ele. Vamos para a casinha do lago. Meu estômago gela. Tento me lembrar de tudo que havia acontecido na casinha do lago, e um sentimento de culpa me invade como um soco no estômago. Eu não me lembro de quase nada depois de ter tomado a primeira dose de tequila. Lembro que conversamos, esclarecemos as coisas e resolvemos tomar a tequila.

Só.

Se concentra, Isabela, você pode mais... Tequila... Pedro... Amanda... Acho que brincamos de "Eu nunca". É. Definitivamente brincamos de algo. Quer dizer... não. Nós brincamos de "Verdade ou Desafio". É! Isso mesmo. Será que eu disse alguma coisa que não deveria? Por outro lado, acho que não tenho segredos que meus amigos não saibam.

É. Não tenho.

Pedro e Amanda tinham me dito algo importante. Me lembro de ter tido algum pensamento do tipo "Depois quero conversar com a Amanda sobre isso que o Pedro falou". Porém, por mais que eu me esforçasse, não conseguia me lembrar de nada. Era como se minha noite tivesse acabado ali, no primeiro copo de tequila. E, então, um grande vácuo, uma lacuna. Eu poderia ter feito ou dito qualquer coisa. Que sensação horrível, sério... Será que isso era dar perda total? Porque se for, olha, eu odiei. É por essas e outras que eu não bebo. Quer dizer, *quase nunca* bebo. Depois dessa só sei que não quero ver bebida na minha frente tão cedo...

Tento me sentar e minha cabeça lateja. Sinto tudo girar, como se ainda estivesse bêbada. Olho o relógio na parede, indicava duas da tarde. Que horas eu havia chegado em casa?

Me arrasto para fora do quarto e bato na porta do meu irmão.

— Bê? Tá aí? — A voz sai rouca, quase falhando.

— Pode entrar, minha mana doidinha.

Reviro os olhos. Certamente eu fui a loucona da noite.

— Bernardo, quem me trouxe pra casa? — pergunto, um pouco incrédula ao ver que meu irmão estava fazendo abdominais no chão do quarto.

Nem parecia que ele tinha ido a uma festa no dia anterior. Ao contrário de mim, claro, que estou me sentindo como se um caminhão tivesse me atropelado.

— Eu, claro. — Ele dá uma piscadinha e continua fazendo seus abdominais.

— Mas eu estava bem? Estava consciente? Ou você teve que me carregar? Porque eu juro, Bê, não aguento mais um escândalo... Já não basta o papelão que o Gustavo me fez passar, eu juro, se você teve que me carregar, nunca mais piso naquela faculdade. O que vão dizer? Céus... Eu nunca mais quero ver uma tequila na minha frente. N-U-N-C-A.

Bernardo para seus abdominais e se senta com as mãos nos joelhos, olhando para mim, ele está claramente se divertindo.

— Calma, Bela, você estava ótima. Talvez rindo mais do que o normal, mas estava bem, sim. — Ele franze as sobrancelhas. — Você não se lembra de nada?

— Eu me lembro de algumas coisas... Mas o fim da noite é um escuro total. Não me lembro. E eu já fiz força pra lembrar de todas as formas. — Bufo.

— Relaxa... Pelo que eu entendi, você ficou com seus amigos na cabana do lago. Quase no fim da festa vocês voltaram pra pista de dança e nós resolvemos ir embora. Eu só estava esperando seu sinal para irmos. Fiquei feliz porque vi que você tinha curtido e estava feliz. Não teve nada errado. — Ele dá um gole na sua garrafinha de água e volta para os exercícios.

Respiro aliviada. Ufa. Menos mal.

— Ah, então tá bom... Acho... E obrigada por tudo, Bê. Eu te amo. Você é o melhor irmão do mundo. — Dou meia-volta para sair do quarto dele e me vejo de cara com uma garrafa de tequila que estava na estante. — Argh, tequila.

Meu irmão se diverte ainda mais.

— Um dia você se acostuma, pequena polegarzinha...

Fecho a porta do quarto do meu irmão e me encaminho para a sala, onde eu costumo deixar meu celular carregando. Se tem um lugar onde ele poderia estar, é na sala. Meu pai está no sofá lendo um livro e se espanta com meu estado que, obviamente, não está dos melhores.

— Filhota... A noite foi boa, hein? — Ele dá um sorriso que aquece meu coração.

Meu pai, com certeza, é meu melhor amigo. Nunca me julga por nada, sempre está de braços abertos para me receber, não importa o meu estado.

Corro para a tomada onde eu costumo deixar meu celular carregando.

— Ahh! Ele tá aqui. Graças a Deus. Nossa. Obrigada, obrigada — digo, beijando o celular.

— Não lembrava nem onde estava o celular, hein...? — Meu pai estava ávido por mais informações da noite passada.

— É, papi. Aparentemente eu não lembro de quase nada da noite passada. — Dou de ombros e me deito com a cabeça no colo dele. — Você já se esqueceu das coisas assim? — pergunto.

— Ah, filha... Quando era mais jovem, já houve vezes em que esqueci, sim...

— E o que você fazia?

— Prometia que nunca mais ia beber! — Ele se diverte com sua própria piada e dá uma gargalhada.

— Sério, pai... Eu esqueci tudo que fiz no final da noite. Isso nunca aconteceu comigo.

— Relaxa, minha filha... Você é jovem. Tenho certeza de que aproveitou a noite com muita intensidade e se divertiu pra valer. — Ele faz uma pausa. — Eu escutei você e seu irmão chegando ontem à noite, estavam rindo, conversando, tinha tempos que eu não te via tão feliz...

Engulo em seco. Eu precisava falar alguma coisa sobre o Gustavo.

— Pai... Eu terminei com o Gustavo ontem.

— Eu sabia que isso aconteceria logo, logo.

— Como? — Me espanto.

— Eu te conheço, filha, esqueceu? Sou seu pai.

— Mas, pai...

— E ontem te vendo tão feliz, tão solta, tão você... Imaginei que tivesse terminado mesmo, pois todo dia que você chegava após um encontro com o Gustavo, nós só escutávamos seu silêncio. E isso vindo de você, minha filha, não é normal… Você é a alegria dessa casa, a nossa eletricidade. — Ele dá um sorriso fraternal. — Você é pura energia correndo dentro das veias. Sempre foi.

O choro vem, mas me seguro. Preciso ser firme.

— É… Com o Gustavo eu sentia que não podia ser… *eu*.

— Eu entendo, meu amor. — Ele acaricia meus cabelos. — Vida que segue, não é?

— Com certeza, papi. Estou bem melhor agora — digo, com confiança —, vou deixar pra trás tudo que me faz mal.

Ele me dá uma piscadinha.

— Essa é a minha menina.

Ficamos assim por horas, assistindo televisão, e acho que adormeci novamente no colo do meu pai.

Amanda Akira:
ISAAAAA! ALÔÔÔ! EXISTE VIDA NESSE CELULAR?

18:10

Amanda Akira:
Alô, alô! Isa???

18:11

Tento abrir meus olhos e ver as mensagens que não param de chegar no meu celular desde cedo.

Amanda Akira:

Olha, estou preocupada com você. Até agora nenhuma resposta, poxa vida. Somos melhores amigas de novo!!!!!!!! ME RESPONDE.

18:12

Amanda Akira:

Ok, eu te vi on-line. Presumo que você esteja de ressaca.

18:16

Isabela Freitas:

nossa, tô mal. eu acordei duas da tarde, deitei no colo do meu pai e dormi até agora no sofá kkkk SOS, não quero beber nunca mais.

18:16

Amanda Akira:

Você é mesmo fraca. Eu estou ótima. Acordei as 10, estudei pra prova de 2ª, fiz aula de tênis, almocei com meus pais, fui ao shopping e agora vim pra casa.

18:17

Isabela Freitas:
Como alguém consegue fazer tudo isso no mesmo dia? vc é uma mutante -.-

18:18

Amanda Akira:
E você é a Bela Adormecida. Vê se não dorme no meio da nossa conversa. E aqui, E ONTEM HEIN?????????

18:19

Isabela Freitas:
tirando a parte do gustavo, EU AMEI ONTEM DEMAIS <3

18:19

Isabela Freitas:
porém, confesso ter esquecido do finalzinho kkkk
sério, mandy, eu acordei sem saber ONDE ESTAVA.

18:19

Amanda Akira:

Que isso! Mas você bebeu umas 4 ou 5 doses só... Caramba. Tadinha. Você não pode mesmo beber tequila, Isa. Prometo nunca mais insistir nisso com você <3

18:20

Amanda Akira:

Pelo menos você estava plena, eu nem achei que você estava bêbada... Quer dizer, só *naquela* hora...

18:21

Isabela Freitas:

que hora??????????

18:21

Isabela Freitas:

amanda??????????????

18:21

Isabela Freitas:

alou???
tá aí???

18:22

Amanda Akira:

Você não se lembra de nada da nossa brincadeira?

18:23

Isabela Freitas:

ué, a gente brincou de verdade ou desafio… eu lembro de alguns flashes… mas não consigo me lembrar direito das verdades que falamos.

18:23

Amanda Akira:

Nem dos desafios?

18:23

Isabela Freitas:

quê????? a gente fez DESAFIOS????????

18:24

Amanda Akira:

Lógico, ué. Essa era a brincadeira. Verdade ou desafio :P

18:24

Amanda Akira:
Você não lembra mesmo? Poxa vida.

18:24

Isabela Freitas:
Não, mandy. me conta!!!!!!!!! que desafio?????
o que que eu fiz????? eu fiz feio???????

18:25

Amanda Akira:
Não, não fez feio... Pelo contrário, foi LINDO. Mas ah, não sei se eu deveria contar... Quer dizer... Deixa pra lá. Não sei se ele gostaria, não sei, ai, ignora tudo que eu falei... Eu não lembro direito também.

18:25

Isabela Freitas:
Amanda, você lembra, sim.
me conta ouuuuuu, sério.

18:26

Amanda Akira:

Relaxa, amiga, juro que não foi nada
de mais.
Foi algo engraçado ali na hora, só isso…
Mas se você não lembra deixa pra lá.
Talvez o Pê fale com você mais tarde.
Vocês fizeram o desafio
juntos. Só isso.

18:26

Isabela Freitas:

Aff… você sempre faz isso.
é algo do japão
isso de guardar segredos? -.-

18:27

Amanda Akira:

Sou uma mulher misteriosa, apenas. Hehehe
Aiii, estou feliz de voltar a falar com você por
mensagem.
Não aguentava mais te ver on-line e fingir que não
queria falar com você.

18:28

Isabela Freitas:
Eu também, mandy, era um saco entrar na internet e não ter vc pra jogar buraco on-line cmg.

18:28

Amanda Akira:
Bobona hahahaha vamos jogar uma partida mais tarde? Vou tomar um banho agora.

18:28

Isabela Freitas:
Animooo!!!
Uhu!!!

18:29

Abro a conversa do Pedro na mesma hora e me deparo com uma mensagem da noite anterior.

Pedro Miller:
muito feliz por hoje. <3

05:54

Fofo, vai. Além de ter me defendido do Gustavo, Pedro Miller ainda curtiu a festa do meu lado e fez questão de mandar mensagem no final da noite falando que estava feliz por eu ter terminado o relacionamento de merda que eu tinha. Por mais melhores amigos assim no mundo.

> **Isabela Freitas:**
> eu também estou feliz por finalmente ter me livrado do Gustavo. agora posso conversar com quem eu quiser, e melhor, SEM NINGUÉM DO LADO TENTANDO LER O QUE EU ESTOU ESCREVENDO. sou uma mulher livre e feliz. E, ah, com ressaca também. acordei agora. bom dia, pê.
>
> 18:30

Ele demora um pouco para me responder. Nesse meio-tempo, tomo um banho demorado, coloco um pijama bem confortável, volto para a minha cama, e assisto a um episódio de *Friends*, aquela série que levanta até defunto de tão boa.

> **Pedro Miller:**
> haha
>
> 20:10

Nossa, demorou duas horas para mandar um "haha"? Tipo, sério?

Isabela Freitas:
nossa, espantada com tantas palavras.
20:11

Pedro Miller:
me faltam palavras...
20:12

Isabela Freitas:
pedro miller sem palavras, essa é nova... vc mandou aquela mensagem quando chegou em casa??
20:13

Pedro Miller:
mandei enquanto estávamos no carro voltando pra casa... eu queria falar com vc, mas seu irmão estava ali, e enfim... resolvi mandar uma mensagem pq sei que vc gosta de mensagem.
20:14

Isabela Freitas:
ah, então nós voltamos tipo umas 5?

20:15

Pedro Miller:
um pouco mais tarde que isso, né? vc não lembra?! mesmo?

20:15

Isabela Freitas:
eu não lembro de nada de ontem :(
desde que bebi aquele primeiro copo.
lembro que alguém sugeriu de brincarmos,
e aí, puff. nada.
já tentei de tudo pra lembrar... nunca mais
quero beber, sério. sensação horrível.

20:16

Pedro Miller:
poxa, branquela. não sabia... caramba! :/

20:16

Isabela Freitas:
nem me fala. pelo menos não fiz nada de mais, né?
a mandy comentou sobre um desafio que nós fizemos juntos… mas não quis me dar detalhes.
disse que vc me contaria, sei lá.
eu fiz alguma bobeira? me diz, pê. vc é sempre tão sincero, confio no seu julgamento.

20:16

Pedro Miller:
ah… o desafio. nada de mais, sério, huehue. relaxa :P

20:17

Isabela Freitas:
mas me conta o que foi!

20:17

Pedro Miller:
tem certeza de que não se lembra?

20:18

Isabela Freitas:
por tudo, não consigo lembrar de na-da. me contaaaaaaaa!!

20:18

Ele demora mais uma vez.

Pedro Miller:
a gente pulou só de roupa íntima no lago. foi isso.

20:25

    Tento me lembrar dessa cena... E em todos os cenários considero impossível. Por mais que me esforce para me imaginar pulando só com roupa íntima num lago à noite, acho isso muito pouco provável de acontecer. 1) eu tenho medo de lago, nunca entrei num lago NA MINHA VIDA; 2) eu diria qualquer verdade sobre minha vida para não ter que entrar num lago que pode ter jacarés, piranhas, cobras, e sabe-se lá mais o quê; 3) eu estava com uma calcinha horrorosa. Tipo, horrorosa mesmo. Eu nunca deixaria nem meus melhores amigos verem isso.
    Fico desconfiada. Pedro parece estar mentindo para mim. Mas por que ele mentiria? O que seria pior do que ver minha calcinha de bolinhas rasgada, que ganhei em um amigo oculto de Natal?

Isabela Freitas:
eu entrei no lago? sério? não consigo me imaginar fazendo isso.

20:26

Pedro Miller:
pois entrou... tô te falando, branquela.

20:27

Isabela Freitas:
estranho. eu acho que me lembraria disso.

20:28

Pedro Miller:
ou não, né? pq aparentemente, vc esqueceu de coisas muito importantes.

20:29

Isabela Freitas:
droga. queria lembrar.

20:30

Pedro Miller:
eu tb queria que vc lembrasse...

20:31

Pedro Miller:
ela não lembra, mandy.

20:32

Amanda Akira:
Eu te falei. Ela esqueceu tudo, tadinha.

20:32

Amanda Akira:
E você contou pra ela, né???? Diz que sim.

20:32

Pedro Miller:
não tive coragem, sei lá... foi algo tão de momento, gostaria que ela se lembrasse da sensação, do que sentiu, de tudo que aconteceu... contar para ela não seria a mesma coisa, Amanda... fiquei sem reação.

20:33

Pedro Miller:
sei lá...

20:33

Amanda Akira:
Pior que eu concordo =(
nem acreditei quando
ela disse que não estava se lembrando
das coisas. Ela não está
acostumada a beber, poxa vida.
Inacreditável, sério.

20:34

Pedro Miller:
fazer o quê...

20:34

Pedro Miller:
:(

20:34

Amanda Akira:
No final das contas você disse o quê?
Pq eu tinha dito que você contaria
qual era o desafio...

20:35

Pedro Miller:

disse que a gente tinha pulado de roupa íntima no lago huehuehue

20:35

Amanda Akira:

E ela acreditou nessa?
Pff. Até parece.
Ela nunca faria isso, Pedro.
Nem pra inventar uma mentira melhor...

20:36

Pedro Miller:

eu estava de coração partido, dá um desconto.

20:37

Amanda Akira:

Poxa, Pê. Queria poder fazer mais por vocês, sei lá. Aff. Isso é tão injusto!!!

20:37

Pedro Miller:
tudo no seu tempo... às vezes ainda não é a nossa hora.

20:37

Amanda Akira:
AFFFFFFFFFFF. VC E ISA JUNTOS SERIAM TUDO PRA MIM.

20:38

Pedro Miller:
relaxa, eu não vou a lugar algum ;)

20:38

Pedro Miller:
só promete que não vai contar pra ela, hein... não quero confundir a cabeça da isa. deixa ela curtir essa fase solteira, acho que ela precisa disso, sem que a gente fique lembrando de um beijo que ela deu no melhor amigo no impulso de uma brincadeira. ela nem se lembra... vc sabe que isso iria confundir mto a cabeça dela. vamos fingir que nunca aconteceu e vida que segue, tá?

20:39

Amanda Akira:
Tá.

20:40

Amanda Akira:
Mas você me deve um favor muito grande por me fazer guardar esse segredo. É sério.

20:40

Amanda Akira:
E Pê, não é porque ela não lembrou que ela não gostou...
Sei que, enfim, você deve estar pensando isso, e... queria deixar claro que conhecendo minha amiga, eu vi nos olhos dela que ela gostou, e *muito*.

20:40

Pedro Miller:
valeu aí pelo prêmio de consolação huehue
vc é uma boa amiga, mandy.

20:41

Amanda Akira:
E te consolou um pouquinho??? Diz que SIIIIIM.

20:41

Pedro Miller:
:(

20:41

Pedro Miller:
não.

20:42

Amanda Akira:
Droga, eu tentei! Haha.

20:42

Pedro Miller:
enfim, vou lá pq marquei de sair com uma garota aqui... Depois a gente se fala

20:42

Amanda Akira:
Pedro, sair com outra garota não vai te fazer esquecer do beijo que você deu na Isabela ontem. Fala sério.

20:43

Pedro Miller:
eu sei que não vai e nem eu quero esquecer. mas pelo menos me faz seguir em frente, mesmo que minha vontade seja de parar a minha história ali naquele capítulo...

20:43

Amanda Akira:
Ain. Queria tanto que ela lembrasse. Poxa...

20:44

Pedro Miller:
eu também... eu também... :(

20:45

EPÍLOGO
As pessoas não mudam só porque você quer

Eu queria tanto viver um amor digno dos filmes românticos que acabei tentando transformar a qualquer custo um monstro em príncipe encantando. Isso não se faz. É meio que impossível. Coloca isso na sua cabeça. Você acha que ele vai mudar, você tenta mudá-lo, você dá todas as ferramentas possíveis para que ele mude, mas ele não vai mudar! Você que precisa mudar. Para bem longe desse tipo de pessoa. Entendeu?

Após o término do meu relacionamento, acho importante ressaltar alguns pontos: em um relacionamento abusivo é complicado demais conseguir diferenciar a realidade do que queríamos que fosse realidade. Dá pra entender o que quero dizer?

É que quando se vive um relacionamento abusivo, muitas vezes o mais difícil é perceber que você se encontra nesse tipo de relação tão turbulenta. E, quando você percebe, é como se quisesse esconder de todo mundo, porque considera isso algo horrível sobre você. O que acontece de verdade acaba virando um segredo de vida ou morte, e você tenta encontrar todas as desculpas possíveis e inimagináveis para aquilo que está acontecendo. *Ah, mas ele só está estressado com o trabalho, com os estudos... Poxa, mas eu errei. Ele tinha motivos para ficar bravo comigo. Caramba, como eu não me lembrei que ele não gostava que mexesse nas coisas dele, como pude ser tão estúpida? Vai passar, claro que vai passar. Isso é só uma fase ruim... E, também, eu não sou uma pessoa fácil de lidar...* E nesse mar de desculpas que você cria para mascarar a realidade, acaba atribuindo a culpa de tudo de ruim que acontece no relacionamento a ninguém mais, ninguém menos do que *você*.

E isso é uma carga muito grande para se carregar sozinho.

Então, no fim das contas, além de estar vivendo um inferno na Terra, você atribui a culpa de todos esses acontecimentos instintivamente a você mesmo. Porque admitir a culpa é muito mais fácil do que admitir que a pessoa que você escolheu para ficar ao seu lado não é tão legal assim.

Eu sei.

Eu entendo.

É um mecanismo de defesa.

A gente não quer admitir que se enganou ao dizer que aquela pessoa era o amor da nossa vida. A gente não quer admitir que perdeu tanto tempo com uma pessoa que só nos trata mal e nos coloca pra baixo. A gente não quer admitir que se enganou o tempo todo e que nada do que queríamos que não fosse verdade não passa disso: a verdade. A gente não quer admitir que não está vivendo um amor de tirar o fôlego, mas sim os piores dias da nossa vida. A gente quer manter as aparências, disfarçar os machucados da alma com um sorriso forçado. A gente não quer que ninguém perceba que tem algo errado se passando aqui dentro. A gente não quer que tenham pena de nós. A gente não quer que os amigos digam "Eu avisei!". A gente não quer mais sofrer, mas não consegue dar um ponto final no sofrimento, pois vai doer demais também. A gente não quer sentir medo e, por isso, fingimos não sentir, com a esperança de que um dia ele se vá. A gente não quer se sentir inferior, culpado, responsável por tudo de ruim que o outro nos faz, mas no fim das contas é exatamente assim que a gente se sente. A gente não quer ter que ficar explicando para as pessoas próximas como pudemos ser tão "burras" a ponto de continuar em um relacionamento que agride nosso psicológico e faz a gente se sentir a pior pessoa do mundo. A gente nunca se imaginou numa situação dessas e, talvez, por esse motivo, seja tão difícil sair...

O amor não machuca.

Hoje, eu sei disso.

Mas eu demorei um tempinho para entender.

Achei que o amor pudesse doer às vezes, ou até mesmo machucar. Romantizei situações de ciúme, posse, briga, para, no fim, entender que pessoas que criam esse tipo de relacionamento abusivo provavelmente precisam crescer como indivíduos antes de se relacionar com alguém. Talvez precisem ajuda psicológica para conseguir desapegar desse comportamento destrutivo, pois para o abusador, talvez, aquilo seja mesmo "amor". Vai saber o que se passa na cabeça da pessoa. Mas nada justifica nos causar sofrimento.

Eu sempre digo que não preciso de metade nenhuma para me completar, pois sou inteira. Que preciso de alguém que também seja inteiro e que me transborde. Mas tem gente que não é nem metade, sabe? É um pedacinho quebrado, perdido e... faminto. Alguém tentando arrancar pedaços à força daqueles que são inteiros, na esperança de tentar ser um pouquinho mais.

Eu deixei que arrancassem pedaços meus, me desfiz inteira.
Parte por parte.
Pedaço por pedaço.
De uma mulher inteira...
Virei cinzas.
Mas não tem problema, sabe por quê?
Porque sou uma fênix capaz de renascer quantas vezes for preciso.

E bem mais forte. Com muito mais fome de viver. Pronta para enfrentar a próxima batalha. Das cinzas aos céus. Eu me reconstruo quantas vezes for preciso. De novo e de novo. Não temos que nos sentir horríveis por fracassar ou por errar. Não! Viemos aqui para isso. Essa é a vida, seja bem-vindo ao mundo real.

Tudo começa e termina por um motivo, um ensinamento. Relacionamentos, amizades, etapas. Sabemos que o mundo gira. Mas sabe de uma coisa? Nós também precisamos girar, precisamos estar em constante movimento. Só assim a vida segue. Não é fácil sair da inércia, dar o primeiro passo, chutar a porta e expulsar aqueles que nos fazem mal. Eu sei bem como é, eu entendo. Mas é necessário. Ninguém chegou a lugar algum parado no mesmo lugar. Todos que passam pela nossa vida são como postos de combustível. Passamos, abastecemos, pegamos um ar e seguimos pela estrada. Para alguns postos, a gente nunca mais quer voltar, para outros, a gente acaba voltando de vez em quando... Mas todos eles foram importantes na nossa jornada. Diria até que essenciais. Mesmo aqueles que você não quer ver nem de longe. Foram eles que fizeram você pisar fundo no acelerador e não olhar para trás, que fizeram você chegar mais rápido ao seu destino. Entende como as experiências funcionam como combustível na nossa vida? Experiências boas, ruins, traumáticas, eletrizantes... Todas fizeram você dar um passo à frente e sair de onde estava.

Te fizeram caminhar.

Te forçaram a ser mais forte.

Tampouco se apegue às experiências ruins, e muito menos tenha pena de si mesma. Suas cicatrizes mostram suas vitórias. Suas batalhas te ensinaram a ser mais forte. Tenha orgulho de toda a sua história, de tudo o que você passou para estar aqui. Bola pra frente. Não é porque não deu certo agora que vai ser sempre assim. Essa lição você já aprendeu, certo? Daqui para a frente, vai estar preparado para o que der e vier.

Não vou dizer que você não irá se decepcionar nunca mais, porque olha, as decepções só mudam ao longo dos anos. Aos seis anos, você se decepciona com o amiguinho que te empurra no parquinho. Aos doze, você se decepciona com o *crush* da sua sala. Aos quinze, com a amiga que quis roubar o príncipe da sua festa de debutante. Aos dezoito, com o primeiro namorado. Aos 21, com a faculdade. Aos 25, com o trabalho. E assim segue a vida inteira, você aprendendo a andar na corda bamba entre erros e acertos, entre momentos de completa felicidade e a mais pura tristeza. Entre risos que fazem a barriga doer e choros encostada na porta do banheiro durante as madrugadas. Entre a certeza de ser feliz para sempre e a descrença, a ideia de que não viemos a esse mundo para procurar a felicidade, pois ela não é um destino. Felicidade são aqueles pequenos momentos, nos intervalos dos problemas do dia a dia, em que conseguimos congelar um pedacinho daquela memória para recordar depois com um sorriso no rosto... Isso é felicidade.

    É aquele momento em que tocou sua música favorita no rádio, você aumentou e cantou sem se importar com os olhares das pessoas ao redor. É a vez que você sorriu para um desconhecido na rua e ele sorriu de volta, fazendo seu estômago revirar com um sentimento estranho de prazer e afeto. É a vez que você fez as pazes com sua melhor amiga e vocês deram um abraço demorado que dizia muito mais do que as palavras. É aquele primeiro beijo dado debaixo da árvore, compartilhado com alguém que você nunca mais viu. É o cheirinho da infância que você sente ao entrar na casa dos seus pais. É o dia que você adormeceu no sofá assistindo ao seu filme preferido. É o dia que você foi ao show da sua banda favorita e cantou todas as músicas com tanta empolgação que parecia que seu pulmão ia ficar completamente sem ar. É aquele primeiro encontro que revirou sua cabeça, sua vida, seu estômago e te fez ter vontade de ir ao banheiro antes mesmo de chegar ao restaurante. É conhecer alguém incrível nas suas férias de verão e nunca mais ouvir falar da pessoa. É sonhar com coisas impossíveis e se imaginar conquistando todas elas. É ouvir um "eu te amo" verdadeiro de alguém especial. É saber que a vida é curta, mas incrível, e que mesmo vivendo alguns momentos tristes e dolorosos, ainda teremos esses momentos felizes aos quais voltar.

E eu volto.

Quantas vezes for preciso.

Para entender que viver é lindo, poético e um tanto shakespeariano.

Se apegue aos momentos de felicidade e aprenda com a dor.

Veja bem, eu aprendi que o amor não machuca, não oprime, não cala e não humilha.

E de agora em diante eu prometo a mim mesma que nunca mais deixarei que alguém me machuque em nome do amor.

Promete comigo? De dedinho?

Você merece ser feliz.

Feliz com você mesmo, é claro.

Se amando pra caramba.

Amando cada pedacinho do seu corpo, da sua história, de quem você é.

Com força.

Mas se um dia quiser dividir essa felicidade com alguém...

Lembre-se da nossa promessa.

Certo?

Não se humilha, não.

Hoje você pode estar no chão, derrotado, sem forças, e tudo que restou são cinzas de quem você era.

Mas você é uma fênix.

Renasça e voe bem alto.

Encontre o céu.

Eu sei que você consegue.

agradecimentos

Quero agradecer primeiramente **a todos que um dia me machucaram**, me humilharam, me oprimiram e que me fizeram sangrar. Usei meu sangue e minhas experiências para escrever este livro que você tem em mãos. Nós escolhemos a forma como vamos lidar com nossas dores, e eu escolhi usar as minhas dores para ajudar pessoas que estivessem passando pelas mesmas experiências que eu passei.

Desde pequena, eu falava que queria mudar o mundo e que queria ajudar as pessoas. Eu não fazia a mínima ideia de como faria isso, mas queria muito. O destino me deu um lápis e eu puxei um papel. Comecei a escrever minhas experiências na internet e, aos pouquinhos, pude transformar algumas vidas. O que eu não imaginava é que ao desabafar sobre minhas experiências eu atrairia o olhar da melhor editora do Brasil. Sim, **Intrínseca, vocês são os melhores**. Gostaria de agradecer a vocês pela paciência e por entenderem que um escritor tem aquele momento em que precisar viver um pouco, para depois escrever... Sei que eu sou assim.

Dei um intervalo longo entre o meu terceiro e o quarto livros. Na época, isso me atormentou, tirou meu sono. Queria lançar um livro atrás do outro. Então eu escrevia, escrevia, mas não gostava do resultado. Sentia que não estava dando o meu melhor. Sentia que eu podia ir além. Então eu vivi. E vivi. Sofri. E chorei. Passei por experiências dolorosas. Quando estamos em um momento assim, não entendemos. Achamos que somos coitadinhos e que nunca vamos conseguir levantar novamente. Mas tudo tem um sentido... Absolutamente tudo. Quando finalmente me curei das minhas feridas, eu entendi. E eu precisava vir falar disso para vocês. Contar minhas experiências: como saí disso, como sobrevivi a isso, como consegui voltar a ser feliz depois de tanta dor. E, assim, surgiu o quarto livro. Como todos os outros, *Não se humilha, não* foi escrito com base nas minhas experiências. Não posso deixar de dizer que meus livros são puramente ficção, é claro. Mas as lições que trago comigo e exponho nos livros são coisas que aprendi na marra.

Agradeço também aos meus leitores, que pacientemente (ok, alguns foram bem impacientes! risos) esperaram este livro. Dei o meu melhor e espero que, depois da leitura, você também se sinta melhor. Espero que vocês tenham gostado de *Não se humilha, não* ser uma viagem no tempo em que desembarcamos antes de *Não se apega, não*. Foi incrível escrever essa história "de amor" da Isabela e do Gustavo.

Agradeço ao Thadeu Santos, um dos meus editores, por fazer essa viagem no tempo comigo. Quando você edita meus livros é diferente, sabia disso? Tenho um carinho enorme por você e uma admiração enorme pelo seu trabalho. Agradeço também a Suelen Lopes e a Renata Rodriguez, que deram as mãos comigo nesse projeto e se mostraram mulheres maravilhosas e muito competentes. Foi um trabalho lindo que fizemos juntas.

Agradeço ao meu pai, Paulo André Freitas, que, como sempre, é a luz no meu caminho. Sabe aquela pessoa que te inspira nos seus processos criativos? Esse é o meu pai. Ele sabe mais dos meus livros que eu mesma e, com certeza, é o meu fã número um. Meu pai senta na mesa com meus amigos e cobra todo mundo: "Você já leu o livro da Isabela? Não? Nossa, você vai se surpreender. Essa menina é genial." Papai, eu queria ser metade do que você é. Essa é a verdade. Te amo muito. Obrigada por fazer parte da minha vida, do meu trabalho, e por me apoiar em todas as minhas loucuras criativas.

Agradeço à minha mãe, Regina Dias Ribeiro Freitas, que não parava de me perguntar "E aí? Já tá pronto?", me deixando nervosa e ansiosa para acabar logo. Pronto mamãe, agora está pronto. Capricorniana, né? Ela quer tudo rápido e bem-feito. Talvez seja por isso que ela é a melhor mãe do mundo, sério mesmo. Nunca vi minha mãe errar. Tudo que ela faz, ela faz com maestria. Talvez o fato de eu ficar meses corrigindo meus livros seja uma característica que aprendi ao observar minha mãe. Te amo, mami. Você é meu pedacinho de amor no mundo.

Agradeço à minha irmã, Marcella Freitas, que vai ler este livro. Porque, claro, ela não gosta de ler, mas os meus livros ela ama. Te amo, *mana brow*.

Agradeço ao Lucas Nazareth, meu amor e pai do meu filho, pela compreensão nas madrugadas em que eu passei com a cara enfiada no livro novo, em vez de estar assistindo junto com ele à nossa série, *Supernatural*. Seu apoio, compreensão e carinho foram essenciais nessa jornada. Eu te amo muito, desde o primeiro dia.

Por fim, agradeço ao meu filho, Pedro Freitas, que veio ao mundo no dia 13 de agosto de 2018 e mudou toda a minha vida. Ele me tirou da mais profunda descrença no amor e me deu uma razão pela qual viver. Com Pedro ao meu lado, eu consigo acordar de manhã com um sorriso no rosto. Não tem como ser triste ao lado do Pedro, pois ele contagia todos ao seu redor... É mágico. É como viver dentro de um livro. Só de olhar para o meu filho, eu consigo escrever pelo menos uns dez livros baseados no sentimento mais lindo que ele desperta em mim: o amor. Da forma mais pura e linda que pode existir. O amor que eu tanto procurei. Pois é... A vida tem formas engraçadas de nos trazer aquilo que mais queremos, não é mesmo? Mamãe fica com você durante o dia e, quando você dorme, escreve a madrugada inteira. Porque mamãe é escritora. Mas a história mais linda de todas começou a ser escrita quando você nasceu... Meu menino de luz.

Eu te amo, Pedro.

Meu Pedro.

1ª EDIÇÃO FEVEREIRO DE 2020

IMPRESSÃO CROMOSETE

PAPEL DO MIOLO PÓLEN SOFT 70 G/M²

PAPEL DA CAPA CARTÃO SUPREMO ALTA ALVURA 250 G/M²

TIPOGRAFIA WHITMAN E BROWNSTONE

intrinseca.com.br

@intrinseca

editoraintrinseca

@intrinseca